明德京德 文学行走
远路＆情思

陈丹燕 著

英特纳雄耐尔

中国人民大学出版社
·北京·

自 序

北京—莫斯科—华沙—柏林—布拉格—布达佩斯—贝尔格莱德—地拉那—贝尔法斯特—巴黎—伦敦：英特纳雄耐尔。

这条旅行线，是为了让这些总是风云激荡的城市带给一个旅人寻找和凭吊的历史感，那是一个红色的时代，一种高蹈的理想实验。

从北京天安门广场出发，到莫斯科去红场看一下水晶棺中沉睡的列宁，在莫斯科郊外的桦树林旁，唱一曲《莫斯科郊外的晚上》。莫斯科的大街上，来自当年社会主义阵营国家的人会找到非常眼熟的斯大林式的建筑，在他们各自的首都，那些苏式的尖顶建筑仍旧占据着市中心最重要的位置，那是当年的友好见证。然后，到华沙城堡旁边的教堂广场上去看一下褐色的十字架，八月那里会聚集胸前挂满勋章的老兵，他们聚集在十字架下纪念在卡廷森林中被杀害的波兰军官。

从波兰到柏林，沿着柏林墙旧址走上一遍，现在，两个柏林终于合二为一，但在柏林中心的威廉皇帝教堂旁，有个用不锈钢做的现代雕塑，两股巨大的钢铁绳索几乎就

1

要合二为一，但中间却仍有微小而致命的空隙，它们并未连为一体。

再去布拉格，点燃着长明灯的广场墓地旁边的寻常咖啡馆，坐下，细细听一次玛尔塔版的《嘿，裘德》。接着从布拉格去布达佩斯郊外的一处寻常的公园里，看看被称为乌托邦的主题公园里那些社会主义时代的各种街头雕塑，从斯大林的一双靴子，到吹着小号游行的少先队员。

贝尔格莱德已经不再是南斯拉夫的首都了，红色南斯拉夫已经解体为若干个小国家，贝尔格莱德如今是塞尔维亚的首都，美国式的玻璃幕墙大厦正渐渐改变这座古老城市的气氛。

地拉那是三十年前的上海少年们心中美丽的地方，因为那时的阿尔巴尼亚电影，从《宁死不屈》到《海岸风雷》，都是少年们的心头好。女游击队员米拉的情人，曾为她弹着吉他，唱了一支歌，那曲温柔的吉他，成为那几年情人们之间最好的音乐，甚至是那个年代秘密的不伦之恋，幽暗密闭的房间里轻轻的音乐声，夹杂着指甲刮擦琴弦的铮铮声。欧洲人很难理解远在东方的中国人，为什么对阿尔巴尼亚会有这样富有时代性的向往，甚至阿尔巴尼亚人自己也难以想象，他们曾如此温暖过被禁锢在贫瘠土地上的民族的心灵。

接着我们要去西欧岛屿上动荡许多年的城市贝尔法斯特，去那里访问一个老人，他是爱尔兰共产党最早的党员之一，去听他说说对国际政治的看法，也听他用苍老的声音高歌一曲《丹尼男孩》。此后让我们前往巴黎。

在巴黎，我们不去看印象派们的光影和小丘，不去看左派文人的那些著名的咖啡馆与墓地，不去看皇亲国戚的珠宝与礼服，也不去看诗人与作家徘徊不去的剧院、酒吧和蒙帕纳斯的那些灯火明亮的公寓大窗，去歌剧院附近找到丹东咖啡馆，看咖啡馆前革命者丹东留下来的雕像，看马路对面小街上巴黎最早一家咖啡馆里留下的菜单，那是当年的革命者马拉、丹东，哲学家狄德罗，启蒙运动中的卢梭与伏尔泰等人吃过的菜单，大块牛排、鸭胸与大得吓人的肥厚鹅肝，如今这菜单被冠名为"革命者套餐"，巴黎大革命在此酝酿。然后，在巴黎早春时节突来的冷雨中走出去，沿着巴士底广场一直向东而去，经过当年巷战如今或寂静或时髦的旧街道，经过写《九三年》而不朽的作家雨果当年写作的咖啡馆，经过共和广场，直到城市边缘的拉雪兹神父公墓，在僻静的墓园边缘能看到一堵墙，巴黎公社在此被镇压，世界上第一次无产阶级革命失败，但由此诞生了一支歌——《国际歌》。"英特纳雄耐尔就一定要实现"，是这支歌的最后一句歌词。那个角落排列着好几个墙上的纪念碑，巴黎公社的，奥斯维辛集中营死难者的，达豪集中营中社会党人的。歌词作者，一位工人出身的诗人，欧仁·鲍狄埃，也埋葬在这个园子里。

最后，我们可以去伦敦，在大英博物馆的阅览室里至今还保留着马克思的座位，他书桌上那盏公用的绿玻璃罩子的台灯仍旧还在原处。他在那张桌子上写下日后影响世界各国社会主义运动的著作，他被世界各地的革命者尊为无产阶级革命的导师。

3

　　如今这些风云激荡的城市大多平静下来，但它们在不经意的晨晨昏昏里，还会突然显现出理想高高飘扬过后的空洞与哀愁，这其实也是它们最动人的时刻。

目　录

- **蚍蜉死在大树下**

这里是自由的柏林

蝴蝶的翅膀

早上太阳太好，所以要一个人去慢慢吃一份颜色缤纷的早餐，在米特，原来的东柏林。旅行的时候，有时就会这样想，反正时间突然变成了大把的，不妨浪费掉一点。能独自泰然自若地消磨时间，最是自在。

十多年前就已经爬满青藤的大房子，底楼朝向街口的地方，就已经开着一家咖啡馆。它就在八月之夏餐馆的街对面，从 Pankow 出发的有轨电车，过二十分钟一定轰隆隆地驶过这里。世纪初建造的绿色地铁高架桥上，六号线列车每过十分钟就会进站，开往维尼塔站。Pankow 始终是我之爱，交织着无数长长短短的回忆。

店堂墙上如从前一样挂着当日的报纸，奇异的是，那天的新闻版上竟然出现已经去世好几年的人的照片——迈克尔·杰克逊，一张沉入过去时代的脸。

"法式早餐。"我对店里的姑娘说。

想起好多年前，一个雨天的早上，路过一家咖啡馆，在玻璃窗的雨水后面看见一个人独自在吃早餐，大大的玻璃窗里，一张一动不动的脸，像霍珀的那些油画。我觉得那个人很孤独，和我一样，当时站在雨水里，为他照了一张相，当年用的还是柯达胶卷。

想起那时每次去欧洲，都带整整一板柯达胶卷，因为在上海买胶卷比在欧洲买要便宜许多。听说中国进口的柯达胶卷卖那么便宜，是为了要打垮国产的乐凯胶卷。当时我还自以为是地想，啊，强者生存就是市场规律呀，消费者得利即可。谁知道这些年乐凯胶卷的确被打败了，柯达胶卷也停止了生产，它自己生产的数码相机吞噬了胶片的市场。等到哀悼胶卷的逝去，我才越过重重蝴蝶扇动的翅膀，看到了暴风雨。

如今自己独自面对一大份早餐，才知道独自吃早餐的人，有时心中也有偏安于一隅的宁静。

只想一个人。永恒的，刹那的，都先放在一边，只专心吃一个丰满愉悦的早餐，蜂蜜与白脱，绿的是葡萄，黄的是橙子，咖啡很烫，在身体中央轰地一声响，好像整个交响乐队鼓乐齐鸣。

此刻，随身行李就在脚边，老朋友的家，老朋友家的小床，二十年前就用过的被套和枕套都已经齐备，正等着我。回到老朋友的家，也好像回到我的家一样。想起来，这么多年在欧洲旅行，回到这个城市，心中安顿欢喜，就因为有老朋友的家随时能敲门进去吧。

阳光灿烂的夏天早晨，独自在阳光下吃一大份早餐。十年前在对面的"八月之夏"吃午饭，似乎还为这个高高青藤之下的咖啡馆拍过几张照片，只是一盒盒底片都在防潮箱里堆着。街上走过的行人也许会觉得我也很孤独吧，其实我不是。因为我有个老朋友等着拥抱我，所以我就先独自好好消磨一个早餐，就像我有个家好好地在上海等着我，所以就可以千山万水地漫游。

　　过了这许多年才明白，如果一个人真的孤独，那独自吃这一大份早餐，就真的太孤独了。要越过重重旅行，漫长的道路，彻夜的火车或者飞机，才会猛然看清遥远之处那两翼轻轻扇动的蝴蝶翅膀。

清晨，阳光下宁静的柏林

街头悠闲的小店

荒谬的幸福感

这个老巷子，在著名的哈克榭霍夫后面，没有名字，大家都说"那条哈克榭霍夫旁边的"。但是它有名，夏天时候，从早到晚人们络绎不绝地到这里来东张西望，因为它始终很先锋。

巷子尽头的小院落里，总是坐着喝咖啡的人。仰头就能看见深深的蓝天，还有身边古老的房子，静静关着窗子。斑驳陈旧的墙壁上留着岁月之痕，还有一只画上去的天鹅，向裂缝处隐去。对面的高墙上，有个用钢铁做的半只翅膀遥遥相对。

抬头望去，二楼那些密闭的窗子里面，曾是一家一九四〇年私营的小刷子厂，奥拓·韦迪经营的小刷子工厂。它就开在大战前柏林的犹太人聚居地，哈克榭霍夫市场附近。

当希特勒宣称有身体缺陷的犹太人不值得活着，他们浪费资源。奥拓·韦迪便开始招收犹太盲人来自己的工厂做刷子。这些犹太工人做的刷子养活了他们，有时还有他们的家人。他要救的，不是犹太精英们，而是在上帝面前有权利生存，但在希特勒时代的柏林却因此去死的残疾人。

当柏林城里开始清洗所有的犹太家庭，将他们集中到

7

离这条巷子只有几条街之外的火车站和轻轨站，运送他们去死亡营的时候，奥拓·韦迪在二楼准备了一个秘密藏身处，入口就在一个大衣柜后面，要是有警察来到巷口，住在巷口的朋友，那个长得非常日耳曼的体面女人，韦迪先生家的朋友，就会发出警报，工人们就躲进秘密的房间里。

当战局恶化，柏林食物短缺，实行战时供给制，奥拓·韦迪和他的朋友开始到黑市上去为这些犹太工人买食物。有时也将自己家的配额拿来用。

当大战即将结束，柏林市里加速对犹太人的搜索和杀戮，在这里工作的犹太人不得不生活在工厂里，其中有个年轻貌美的犹太女人也在其中，她在二楼尽头的秘密房间里一直躲到大战结束。大战结束，希特勒死了，而她得以生还。她现在已经高龄，但仍住在柏林原来自己家的房子里，她还常常到学校去，为学生讲自己的故事，或者来自己当年的藏身处接受年轻记者关于大战纪念日新闻的采访。她是英格·道奇克兰。

离开这个街区不远的希特勒地堡，当年战败时，希特勒在那里自杀，那个曾经坚固无比的地堡已经被深埋，成为一个寻常的停车场。这里的犹太人秘密藏身处，成了小纪念馆，向大众免费开放。

坐在院落里的咖啡馆里，也许就是因为知道旁边的房子里有这样的传奇故事，觉得咖啡格外香。

楼上如今是安静的小纪念馆，陈列着当年工人们用的机器，他们的照片，以及他们藏身的房间，那里连墙色都是原来的。

奥拓·韦迪在照片上。他的脸狭长紧张，头发一丝不苟地向后梳去，留着细细的梳齿痕，看上去，就是二十世纪四十年代德国电影里那种寻常的德国脸，精准，冷静，不带感情，就像钢铁一样沉默和冰凉，质地精良。

英格·道奇克兰也在照片上。她的脸有着二十世纪四十年代漂亮女人的那种温柔和明媚。她不光活了下来，而且成为著名的记者，出版了她在这所房子里的回忆录。纪念馆门口的桌子上，就放着她的回忆录。

从他们的照片上移开眼光，透过窗子，往下望见被夏天明亮阳光铺满的咖啡桌子，望见正笑嘻嘻聊天的人们，就能体会到幸福。这里终于呈现了童话的结尾：好人终究能好好地活下去，而坏人带着一声长长的惨叫，永远坠入深渊。

一九九九年我来这里，那时只是听说这条巷子里曾有过犹太人的传奇，但不知到底是怎样的故事，也没看见纪念馆。那时只觉得这条巷子先锋，院落里放着一只巨大的钢铁雕塑，是个怪物，打开开关会动，会咯吱咯吱地响。

一九九三年我来这里，这巷子还是穷艺术家才发现不久的废弃工厂，他们在这里开小画廊、小电影院。那时这个钢铁雕塑已经竖起来了，但还没完成。阴雨天，冰凉的水泥巷子，墙色斑驳。

从窗子里望过去，钢铁怪物格拉格拉地转过脸来，似乎微笑了一下。原来它会动。当年的英格听到苏联红军的坦克跃上旁边的哈克榭霍夫街时，它们沉重的履带格拉格拉的，响彻柏林街头。那时候她是不是就正站在这扇窗前，

9

与奥拓·韦迪一样谛听，好像两只鸟？他们能否想见今天？如今院落里不再有希特勒时代的警察，也不再有苏联红军，小院子里，在钢铁怪物下，是喝咖啡吃蛋糕的人。电线上挂着纸做的运动鞋，假装此处有毒品出售。

　　咖啡做得并不好喝，蛋糕也一般，但大家还是喜欢聚在楼下，是因为在犹太人躲藏过的楼下，你能享受到格外的自由感，那里的阳光特别明亮，简直令人叹息。那里的穿堂风带着特别的树香与花香，那里的人三三两两地沉思着，好像陷入回忆，那里有种荒谬的幸福感，好像是楼上那个不拘言笑的奥拓·韦迪给予的，它让人觉得，人性总是有它坚定不移的善与正义，即使是在一九四三年的柏林。

自由柏林的咖啡馆

黑泵咖啡馆

开往黑泵咖啡馆的那路地铁是又老又旧的，经过了罗莎·卢森堡广场站。这个将近有一百年历史的地铁站，坐落在原来东柏林的地下，纪念与列宁同时代的著名德国社会主义者、国际共产主义运动的著名活动家罗莎·卢森堡夫人。地铁站的墙壁上，有她的大幅肖像，她有一张德国人苦苦思索着的脸。

经过亚历山大广场站，那是原来东柏林著名的广场，离开不远，就是马克思恩格斯广场。广场的中央，竖立着社会主义奠基人的铜像。马克思若有所思地坐着，恩格斯若有所思地站着。凡是到那里去看他们的游客，总会站到马克思和恩格斯中间去，拍一张"马克思、恩格斯与我"的照片。到了二十世纪九十年代，站在革命导师中间的人，脸上的笑容里总能看到一点悻悻然，无论那个人是美国口音，还是中国口音，或者是下萨克森州的东德口音。

开往黑泵咖啡馆的地铁路过亚历山大广场的繁华区以后，就走到了地面上。傍晚时分，阳光也是一样的金黄，

世界上最大的马克思、恩格斯铜像

让人想起印象派的画，它们一束束地照耀在老房子上。老房子常常不如西柏林的漂亮，因为它们已多年失修，即使是在金黄的夕阳里，也显出了衰弱。许多原来是阳台的地方，只剩下了封死的落地长窗，看上去很不合适梦游者居住。因为失修，阳台已经不能站人，于是，原来东德的房管部门就将阳台拆除了事。常常还能看到老房子上巴掌大小的洞，据说那是第二次世界大战留下的弹洞。那一个个碗似的弹洞里，盛满了初夏时分金色的阳光。从西柏林过来，很快就可以感到这些街区里的一种隐约的凄凉。

长长的、无人的街道上，也能看到许多绿色的树、草，只是没有西柏林那么多的花，更没有慕尼黑街道上那么苗壮的郁金香。树和草看上去也不是照顾得很精心的样子，有一点乡野间的恣意。

绿色的阴影里，能看到三三两两停着东德时代生产的简陋窄小的汽车。这种马力不大、价钱便宜、没有富贵气的小汽车，常常可以在苏联、波兰看到。在两德统一以后，西德的高速公路上要是出现这样的汽车，会被后面跟着的汽车鸣喇叭，要它让路，所以，它们常常是知趣地开在最慢的那条车道上。挂着西德牌照的车刷刷地擦过它们的身边，用一百四十迈的速度远远地把它甩在后面。而它们，用七十迈掠过窗前柔和的风里向前，虽然它们如愿地自由行驶在西德的高速公路上，随便可以在任何一个出口下高速公路，进入纽伦堡、斯图加特或者汉堡。但它们反而变得局促而不快，与德国知识分子常开的老牌捷达车在高速公路上从容而讥讽的七十迈有很大不同。从车窗看到东柏

13

林街道绿荫里的小汽车，斑斑驳驳的阳光安详地包容着它，像一只狗在它的藤条篮子里。

地铁列车经过生了锈的高架桥，在空旷的街道半空隆隆地响着，停进月台。月台上也看不到人，木条椅子上放着别人看完扔下的报纸，被晚风吹得哗哗响。东德原来的报纸已经销声匿迹，这是一份当天的《时代报》。这个有一百年历史、铸铁构架的老式车站里，继续向东柏林深处开去的地铁车厢里面的人，在白色的灯下，脸上有些更朴素、更坚硬、更沉默的德国表情，近乎于严厉。

黑泵咖啡馆就在地铁站边上的一条小街道上。在西柏林，很多人知道有这么一家咖啡馆，它门口的牌子就是从煤炭厂里拆下来的招牌，里面的墙上挂着原来的工厂牌子，还有原来在东德报纸上对这家国营著名大厂的介绍。从前的照片印刷得相当粗糙，让人联想到经济的困顿和质量的马虎，可是那上面工人宽大的脸，洋溢着社会主义制度下工人强烈的骄傲神情。四处放着一些很大的机器零件，有些看上去像齿轮，有些看上去像是铲斗。天棚上挂着简单的吊扇，像是从职工食堂里直接拆来的。

在没有什么客人的时候，这里并没有多少咖啡香，更像是煤炭厂的厂史室。

两德合并以后，国营煤炭厂因为生产工艺落后和原有的体制崩溃，失去支持而倒闭。听说这家国营大厂关门以后，从厂长到工人，大部分成为领救济金的失业者，少数年轻的技术人员，改行做其他工作，或设法进入大学重新选专业进修，以求得日后的发展。不少人选择了几十年前

14

西德青年就很普遍的商科。从前，这些青年更渴望自由，他们中许多人愿意为自由而死，现在他们更渴望有挣钱的本领，它能帮助一个人在资本主义制度下建立自己的尊严与自尊。

昔日的一个国营大厂，现在成了开在东柏林街上的一家安静的咖啡馆。

他们提供的咖啡是普通的咖啡，桌上的糖罐不那么好使，怎么晃，也晃不出砂糖来。他们的酒保默默坐在用一堆不知道是什么机器做的吧台里，并不怎么照顾客人。

吧台前的高凳上坐着一个剃光头的青年，穿黑色夹克和黑色皮靴。不知道是不是右翼光头党。光头党是原东德地区兴起的新纳粹组织，用暴力攻击在德国的外国人。德国市民解释他们是因为原东德地区的高失业率，东德地区青年认为是外国人抢了他们的工作机会，所以仇视外国人。德国知识分子解释他们是因为东德人经过柏林墙倒塌的兴奋和幻想以后，社会上弥漫的失落和愤怒。东德的知识分子曾说过："我们并不是合并，而是西边把我们吃了。可我们就卡在他们的喉咙口，让他们吐不出，咽不下。"说这话的人，在冰凉的蓝眼睛里闪烁着蛮横、耻辱、不屈和恼羞成怒。

临街的窗上，伏着最后一缕夕阳。那种灿烂而悲伤的金色，只有临死前的凡·高能用得出来。那里的一张桌上，独自坐着一个男人，在喝一瓶慕尼黑产的啤酒。他坐在那里，几乎不怎么喝，只是看玻璃杯底下不断升起的如线的气泡。他有一个沉思的背影，肩膀软塌塌地靠在椅背上，可头像眼镜蛇一样高高地直立。在这个宁静的咖啡馆黄昏，他在想什么呢？这个咖啡馆里的一针一线，都带着那么强的暗示和情绪，他还能自由地想与他全然没有关系的事情吗？

太阳已经落山，打开的窗前一股股地涌进了充满阳光气味的温暖气息。天光柔和而明亮。一个非常美的年轻女子经过窗前，走了进来。她的眼睛又大又圆，睫毛像向日葵似的张开，带着与西柏林的女子不同的淳朴与诗意。那是更接近东欧的美。她找了靠窗的桌子坐下，要了晚餐和用蓝色大陶杯子装的牛奶咖啡，是通常用来吃麦片的杯子。她应该是个从事艺术工作的人，因为她手上的手镯，是用一把叉子弯成的。

吃完盘子里的东西，她拿出一本书来，翻到折过的那一页，接着看了下去。

鲁卡斯咖啡馆

要是我们一起去柏林，我要和你一起去十字军山。那是柏林的一个区，三十年前柏林最时髦的地方。路过一个红砖砌起来的老水塔，路过一家开在半地下室里卖老家具的古董店，一家用竹子装饰的泰国餐馆，还有一个墓碑上长满了常春藤的老墓园，我们这是去一个看上去很普通的小广场。

小广场的四周，是十字军山地区的特色老公寓，灰色的，大都有四五层楼高，有高大的长窗和高大的木门。里面的房间，会有很高的天花板，天花板上也许还留着从前的装饰：石灰做的细长的玫瑰花、桂树枝和打成蝴蝶结的缎带，扣在天棚的四周。客厅的门，也许还是青年艺术风格的，带着奇异的梦想的气息。只是这一栋栋宽大的公寓房子，现在大都已经修得很舒适，墙面上也很干净，不再能找到大战后它们失修时凋败的样子。战争时代留在墙上的子弹洞，早已被年轻的学生自己用手填满了。大战以后，西柏林的学生纷纷迁来这里，他们为被苏联红军的子弹打碎的窗子安上玻璃，在被英国炸弹烧焦的大门上涂上油漆，在找不到主人的底楼房间开了小咖啡馆，在里面一遍遍地播放着披头士的音乐。那都是三十年以前的事，三十年前的那一代年轻人，全是不肯安于中产阶级生活的狂飙青年，因为他们的血太热。在巴黎有红五月的学生暴动，在美国有花孩子运动，在北京有穿旧军装、手臂上戴着红袖章的红卫兵摧毁了一个古国的秩序，在柏林，就有了十字军山青年，他们因为上一代人对德国大战历史的回避，喊出了"不要相信三十岁以上的人"的口号。

三十年过去，现在，十字军山老公寓的门和窗都静静地关上了。只是它们还不像慕尼黑郊区的那些房子，在窗前遮上手工织的蕾丝窗纱，在窗台种上红色的小花，如此地安居乐业。

晚上散步路过小广场，看到一扇扇亮着灯的窗里，白色的大纸灯笼照亮了刷了白墙、朴素和自在的房间。常常在靠墙的地方，放着简单的木头大书架，上面放满了书。那就是三十年前狂飙青年的家，那就是他们的书架。里面

17

有着红色书脊的小书，很难说，它不是一本德文版的《毛主席语录》，那曾是他们年轻时代时髦的书。在十字军山我朋友家的书架里，我见到过北京出版的德文版《毛主席语录》。我惊奇地说："我以为那时报纸上说的，《毛主席语录》被欧洲青年热爱是一个谎言。"我的朋友说："是真的。他对青年的期待和对传统的批判，让我们觉得很伟大。"我的朋友，在六十年代参加德国学生运动，反对愚民教育，后来在十字军山开儿童书店，引导孩子独立思考，是她一生的兴趣。

大房间后面，通常是老公寓长长的走廊，通向厨房。在十字军山我熟人家的厨房里，我曾见到过已经发黄变脆了的毛泽东标准像和雪山上的裸照。不知道为什么，毛泽东的标准像是蓝色的，像一张放错了药水的彩色照片。而雪山上的裸照，是厨房主人年轻时代的照片。在一个雪山上，三个全裸的青年男女，中间的男生蓄着六十年代理想主义的长发，他们背对着正在自拍的照相机，挽手向着蓝天绿野，他们的屁股上，洒满了阳光。我这个生在新中国、长在红旗下的人的人生经验里，做梦都没想到可以放在一起的东西，一起挂在厨房的墙上，这才是地道十字军山峥嵘岁月的回忆。有的人家，会在厨房里挂着蓝色的毛泽东标准像，那是他们年轻时代的偶像。有的人，在餐桌边的墙上挂着自己年轻时代曾惊世骇俗的照片，表达他们对自己身体的解放和珍爱，那是他们的世界观。

广场上有一个儿童乐园，白天，沙堆上常常响彻着孩子的尖叫声。现在这里是寻常的住宅区的小广场。有一个黑发的土耳其青年，抱着一大捧玫瑰，绕过广场上的大石墩，向面对广场的咖啡馆走来，他是在咖啡馆卖玫瑰为生的人。而我们，也将要去那家坐落在家居小广场一隅的咖啡馆。它有一个掉书袋的名字：鲁卡斯。在普通德文里，鲁卡斯的意思是马桶。而在拉丁文里，它的意思是"某个特定的地方"。它掉的是拉丁文书袋，在三十年前上高中和大学的那一代人，都学过拉丁文。

这是一幢黄色的底楼房子，靠小广场的一面有一个小庭院，用黄色的帆布篷遮着太阳，在春夏时分，阳光把整个咖啡馆都映照成黄色，像是在意大利的某个地方。坐下来，看到简单但结实的木头吧台、褐色的桌椅，看到严肃认真的金发酒保端着食物，用进行曲的大步走来走去，感觉到在这里虽然自在，可还是有种沉思的气味，就知道这是在十字军山。深秋的晚上，各个桌子上闪烁的烛光，将整个房子都照暖了，在桌子之间推荐玫瑰的土耳其小伙子，他和花的影子都被放大在墙上。黄昏的时候，父母带着孩子来这里，孩子吃一大杯冰淇淋，父母和朋友聊天。住在附近的学生摊了一桌子的书和笔记，和同学讨论功课，一杯接一杯地喝大碗的牛奶咖啡。也有单身的人，大多数是男人，带了书来，独自坐着，慢慢地翻，小口小口喝有十二度酒精的啤酒。热牛奶的蒸汽机呵呵地响着。音乐不那么激烈，也不那么古板，就是一个在普通住宅区里咖啡馆的样子。

不同的是，常常可以在这里看到一些不年轻的人，在这里看书、会朋友、吃冰淇淋、等人。他们的头发花白了，金发变成了灰色的。他们的身体发福了，他们的脸也不像年轻人那样窄长和精致，可是他们的眼睛非常温暖。那样的眼睛在五十岁的脸上不常见，在热情里有一点尖锐、一点智慧、一点旷达、一点骄傲和一点好奇，还有一点调侃，以及一点不驯。他们就那样沉醉在谈话中，在葡萄酒里，脸颊一点点地变红。他们大概已经不再像年轻时代那样故意酗酒了，可阐述、批判和辩论的热情已经成了生活中的一部分，使在自己家附近的咖啡馆待的时间得到延续。

夏天时，能看到桌子下面他们的脚。他们会穿样子十分简单、低调，可制作精良、舒适坚固而十分昂贵的露趾凉鞋，脱下了学生时代时兴的厚厚的松糕底鞋、喇叭裤、印度棉布的衬衫，剪短了中分的直发，那是他们如今的风格，表达着他们对物质的克制和沉着。即使他们选择它、拥有它、享受它，也不让它张扬。在他们的年轻时代，他们曾鄙视物质，反抗金钱对人的压迫，反对资产阶级的世界观，抗拒将要成为中产阶级一员的将来。现在他们有所妥协，但并没有背叛从前的理想，而是将它化为日常生活中的格调，把反抗变成了骄傲。

鲁卡斯咖啡馆的柜台边，有一个放报纸杂志的桌子，除了通常的报纸和知识分子喜欢看的严肃报纸以外，在那里还能找到同性恋的杂志。当看到一个不年轻的女人，把自己的头发剪得像一个男孩子，穿着黑色的皮裤、皮夹克和靴子，吸着纸烟，一页页在靠窗的桌上翻着那样的杂志，带着逆风而行、不容置疑的矫健神情，才想到原来他们年轻时代对自由之爱的追求并没有随着青春的平息而过去，像那些年轻时代曾跟过风的时髦一样。他们那狂飙的青春岁月，造就了一个与众不同的个人生活，使她永远离开了温顺的中年妇女的古老轨道。她的伙伴来了，她们付账以后出门去，手里提着摩托车手的头盔。

当年住在十字军山的青年已经老了，十字军山终于也变得像德国的大多数地方一样整齐而安静，商店漂亮而价格昂贵，餐馆越来越多而口味温和，就像正常生活需要的那样。原来到处都是的小咖啡馆，如今陈设也越来越整齐。就连那些修缮好了的老房子，租金不是一个学生能够负担的，也不是一个理想主义者可以负担的。我朋友在十字军山开了三十年的儿童书店，一直都用按需取薪的合作社方式经营，并花大量时间为孩子推荐独立思考的读物，兴趣一直不在赚钱上，最终却无法再那样生存下去。书店的经营方针改变以后，我的朋友离开了书店，成为一个自由职业者。

于是，年轻人不再住进十字军山，而聚集到了一个新的街区，那里房子因为失修多年，租金便宜。那里有许多绿树环绕的小广场，有着因为破败而散发着的浪漫情调。街角的地方，环绕着小广场的地方，到处是价钱便宜、陈设前卫的小咖啡馆，像当年的十字军山一样。那个街区叫泊澜茨索瓦拜克，在柏林的东部，那里不光在墙上能找到五十年以前大战时的弹洞，还有东德时代留下来的失落的气氛，现在，失落里有了诗意。

21

东柏林凋败而浪漫的街区

　　离开了年轻人的十字军山，像一只在干燥晴朗的夏天、在厨房窗台上渐渐风干的柠檬，从时髦成为经典。可住在那里的古董青年，仍旧为自己有过那样的年轻时代骄傲。所以，十字军山终究没有像一个中产阶级街区那样花团锦簇。到小广场边上的鲁卡斯咖啡馆去，也终于还可以见到有趣的人，他们在青春的理想和漫长的现实生活中，找到了平衡。他们的眼睛在桌子中央的烛光里闪烁着，就像他们的青年时代，在以后的日常生活中依旧闪烁着一样。

在鲁卡斯咖啡馆，我们靠墙坐着，感到那已经带着古董味道的绚烂但纯洁的青春。十字军山的人真的是骄傲的，当他们说到自己的从前。我和你一定会说到红卫兵的事，说到我们那里没有十字军山。

五羊咖啡馆

东柏林的泊澜茨索瓦拜克，是一个像十字军山一样老的街区。在沿街的老公寓上，常常能看到有窄窄的落地窗，下半部用铁栅栏围着。其实，从前那是一个小阳台，因为多年失修，阳台摇摇欲坠，只好把它拆掉，就势把原来的阳台门变成落地窗。那里的十字路口常常有一个小广场。小广场里的树，常常长得像疯了一样歪歪斜斜，一直拖到生了锈的铁栅栏上。远远地看上去，被那样的绿树包围着的广场，像是正在膨胀起来的绿面团。而在小广场边上废弃的教堂，姜色的细砖在经久的风雨里已经变成了褐色。深秋有雾的晚上，大战以前式样笨拙的街灯，淡淡地照亮了这个街区的凋败和诗意。准备过圣马丁节的孩子们，提着纸灯在街上经过。五羊咖啡馆就在这个街区某一栋老房子的底楼。

它只有一个小小的门面，临街的，只是一扇门和一扇不大的玻璃窗。不常来的人，会站在外面踌躇一下，里面看上去那么黑，听上去那么静。高高的街灯，除了在路上

23

的水洼里微微闪光以外，什么也没有照亮，所以大多数人看不清墙上是否有招牌。

然后，试着推门，门开了。就看到了满屋子摇摇曳曳、闪闪烁烁的烛光。忽闪的火苗照亮了粗糙的墙壁、褐色的桌子和椅子，还有把头靠在墙上说个不停的年轻人。然后，听到西班牙吉他呜咽的声音。这是个没有电灯的咖啡馆，桌上、墙上、墙上的大窟窿四周，全插着点燃了的蜡烛。第一眼看见，会让人想到教堂圣像前的那些蜡烛，心怀祈愿的人所点燃的蜡烛。窄长的店堂，一直向里走，好像是在穿过蜡烛的丛林。店堂深处的柜台和酒架上，也插着点燃的蜡烛。

这是个自助的咖啡馆，每个客人都先到柜台上去买自己的酒或者咖啡，自己端到桌上。柜台里坐着咖啡馆的主人，是个把头发剪得极短的年轻女子，带着一条暗色皮毛的大狗。

来这里的大都是住在附近的年轻人。这个街区，聚集着一日日用校园延长自己青春的大学生、还没有成名的正为理想和名利奋斗的艺术家、游离在生活秩序之外的自由职业者，还有一些从十字军山越来越整齐的街区里搬出来的人、不想进入德国平稳的日常生活的人、想要慢一点成为中产阶级的人。这些年轻人，从西柏林渐渐聚集到了东部的这个街区。

开始时，有人向原来住在这里的东柏林人用便宜的价钱租房子，然后，有人租了底楼开小咖啡馆和酒馆。因为年轻人喜欢那里不事奢华，带着东柏林特有的惆怅倦怠的气氛。到周末的晚上，这里就挤满了人。准备整夜泡咖啡馆的人，可以在这里一个咖啡馆一个咖啡馆地消磨到天亮，直到街上收垃圾的工人开始工作的时候，才带着胀鼓鼓的一肚子啤酒回家睡觉。这是柏林年轻人喜爱的生活。在德国，听说只有柏林的地铁即使在周末也通宵地运营，为了方便那些在咖啡桌前过夜的人回家。慢慢地，这里代替了西柏林的十字军山，成为柏林最先锋、最年轻的街区。不满足于大教堂、博物馆和柏林墙的旅游者，探听到柏林的新动向，也随着朋友来这里消磨晚上，在五羊咖啡馆里，就能听到有人大声地说着带口音的英文，就着烛光东张西望。

五羊咖啡馆也是一个不事奢华的地方，桌子上不放玫瑰花，窗上不遮白色的蕾丝窗帘，墙上不挂野鹿头，柜台里不供应蛋糕，音乐也不甜蜜。它带着不过分的粗鲁与破败的痕迹，让人想到这里原先是东柏林。想到原来这里的生活，这里的人和事，想到在十年以前柏林墙倒掉的时候，东柏林向边界狂奔的人潮，以及后来他们对物质世界深深的恼怒与失望。

在五羊咖啡馆的那个长长的晚上，我想到了一家开在东西柏林合并以后成为城市中心的咖啡馆，它也开在东柏林的街道上。它的陈设十分现代，简洁的沙发、玻璃圆桌、时髦的灯，还有电子合成器演奏的音乐。它的酒架上有各种各样的酒，它厕所的地和天棚都用青色的厚玻璃，像一个精良的玻璃盒子，洗手池上的镜子是用很好的水银定住的，稳稳地映照出设计十分现代的马桶和铮亮的合金把手。

我能够理解它像大酒店一样的时髦、现代与乏味，那是因为它来自于一个曾经十分向往物质的街道，像在困顿中长大的人，往往最喜欢豪华的东西一样。在不知道它是一家东柏林的咖啡馆之前，已能体会到它里面地道的东柏林气息：想要抹杀东西柏林区别的努力，对现代化的热情，还有终于可以与富裕和现代比肩的释然。

五羊咖啡馆将不那么精良，不那么优雅，不那么十全十美，也不那么乏味的东柏林生活，在长长短短的交错烛光里化为自己的情调：不那么合乎主流世界观而是放逐和叛逆的，不那么中规中矩而是自在和满不在乎的，不那么甜美可人而是颓唐和忧伤的。那是东柏林从狂奔美梦醒来以后的心境。

可是，在烛光里，渐渐地能体会到一种把玩，像那家开在中心的咖啡馆，把玩青色厚玻璃厕所的时髦一样，五羊咖啡馆把玩的是东柏林的嗒然若丧。

快到半夜的时候，我知道了这家咖啡馆的主人，那个坐在柜台里的短发女孩，是从南方靠近法国的西德城市弗赖堡来的，带着南方的口音，她并不是东柏林人。她来这个街区，开与弗赖堡气氛十分不同的咖啡馆，是喜欢它的气息。她靠这个咖啡馆谋生，是因为在柏林，有那么多从十全十美的街区逃离、在这个墙上特地砸出一个大窟窿的小咖啡馆流连到天明的年轻人。

雄鹰咖啡馆

　　雄鹰咖啡馆的位置，是柏林大街上通常会有一个咖啡馆的位置。它在一个老公寓的底楼，在街道的拐角，于是，一个咖啡馆比邻两条街道。这是欧洲咖啡馆的传统位置。像那些开在柏林大街小巷街角上的咖啡馆一样，它的窗子也是开得低低的，在外面就能看到临窗的客人和白天也亮着的灯。它的门前也挂着菜单，那是这一天咖啡馆供应的食物，还有这一天的特价菜与例汤，因为是咖啡馆，菜单总是大众化的老花样。它的窗边也堆着椅子和折叠桌子，那是太阳好时，客人坐在露天时用的。初夏时，白色的桌子边坐满了客人，许多从街对面的柏林墙博物馆参观出来的人，都穿过马路来这里透一口气，喝点什么，顺便看看自己在小卖部买的柏林墙碎片，那不过是装在玻璃盒子里的一小块混凝土，涂过花花绿绿的颜色。

　　雄鹰咖啡馆与柏林大街小巷拐角上的那些咖啡馆不同的地方，是它坐落的那条街道，那是西柏林紧贴着柏林墙的弗里德里希大街。它坐落的那个街角，是东西柏林边界上的第一个西柏林的街角，正对着它的窗子，十步之遥，在弗里德里希大街的正中，竖着美军用英文、俄文、法文和德文写的警告牌："你正在进入美国占领区，禁止携带武器，遵守交通规则。"它是一九八九年柏林墙倒掉以前，离柏林墙最近的一家咖啡馆。

　　"我们的确是当时离柏林墙最近的咖啡馆。"雄鹰咖啡

曾经的弗里德里希大街

馆的招待说。他是个穿了黑色套头毛衣的男子，很瘦削高大，金发。"你知道我们是在西柏林，这里是西柏林。我不知道那时东柏林有没有咖啡馆，好像他们那时没有真正意义上的咖啡馆，他们只有饮食店和面包房。而且，在东边，边界有一大块空地，他们怕看不到逃到西边的人，他们杀逃跑过来的人，他们那边只有军人。"

我看见过勃兰登堡门边上小树林前的逃跑者纪念墙，白色十字架上，有的写着名字，有的没有。他们全是在柏林墙期间，想要逃亡西柏林的人，被击毙在边界的空地上。最早的一个被击毙者，是在柏林墙建起的同一个月，最晚的一个，是在柏林墙倒塌的前半年。在那个充满落叶芬芳气息的小树林里，我能够闻到里面淡淡的血的甜腥。

"你们离边界这么近，有谁会跑到这里来喝咖啡？"我问。

"我们的生意一向都很好。从东柏林回来的人，第一件事，就是到我们这里来坐下，要一杯热咖啡，长吁出一口气。你想，那时候从东柏林到西柏林，要在边界上被严厉地盘查，等待检查的时间常常是几个小时，精神紧张。然后，一切终于结束，看到了一家贴着红色墙纸的咖啡馆，怎么会不进来呢？"

是啊，难怪连杯苏打水也卖得比别人家的贵。

他把手里的苏打水放到我桌子上，带着恭喜我的神情说："享受吧。"在别处的咖啡馆里，看不见这样的表情，它留着柏林墙的颜色。

柏林墙在十年以前就倒掉了，它现在是一家在弗里德里希大街上的两层楼博物馆，在入口处的墙上挂着一个巨大的红星。一辆辆旅行社的大巴士把世界各地的旅游者、来柏林修学旅行的学生带来这里，而城市轻轨把东柏林的人带来了，地铁把西柏林的人也带来了。这是一个气氛严肃的博物馆，要是有人在那里掉了泪，别人就轻轻地绕开他。就连一队队孩子鱼贯进来的时候，它散发出的哀伤，也不能被冲淡。

离开那里的人，常常并不马上就从弗里德里希大街走开。他们带着恍惚的神情，在街口散步。他们看到十年以前的警告牌，又看到竖在街中央的美军士兵像，他们在它们前面照了相，然后，过一遍马路。十年以前，要是这样过马路，会被打死，就像在博物馆里看到的照片里的那些人。

柏林墙遗迹

然后，他们看到了雄鹰咖啡馆的窗子，还有它里面黄色的灯光。临窗的客人正在搅匀咖啡里的糖和牛奶，发黑的咖啡在他们的杯子里迅速地变成了柔和的棕色，芳香四溢。于是，他们就不由自主地向这个街角走过来，走进雄鹰咖啡馆来。

　　要了自己想要喝的咖啡，热烈地喝一口，全身都松了下来。这一刻，简直要热爱自己的生活了。

　　离开雄鹰咖啡馆，向菩提树下的大道走去，路过柏林墙博物馆，透过博物馆底楼咖啡馆的玻璃，看到里面空空的桌子、收在桌子下的椅子和在门边探了探头、又赶紧离开的人，这才知道，刚才那个黑衣服的招待递给我苏打水时，殷勤的那一句"享受吧"原来有它的道理。

兰德维尔运河咖啡馆

　　柏林的十字军山，是西柏林时代大学生和外国人聚集的一个区，所以有许多小咖啡馆开在老房子的底楼。它们没那么多布尔乔亚的繁文缛节，也没那么多十全十美让人不能呼吸的情调。你走进去，向酒保报了你要的那份喝的，接下来，晒太阳、和邻座搭讪、看野眼（上海话：东张西望）、写明信片回家、算账、读莎士比亚、偷偷抠指甲缝里的脏东西，想干什么干什么。咖啡馆的一面，是大开的窗和门，朝着运河，金色的遮阳棚被太阳照得透明，熏风习习，有时候只是轻松到不知道先干什么才好，让人好喜欢。

　　墙是意大利黄，桌子和椅子是老木头的，墙角堆着当天的报纸，一准有《南德意志报》。成天都有食物供应，来来往往的人，大都是住在附近的大学生。德国大学里有一类人，一个学位接着一个学位读，就是不想真正走上社会工作。有时候一个头顶秃秃的人，抱着一大堆纸进来，从口袋里摸出烟丝袋，用张裁好的小纸卷起来，放在嘴上吸着，然后要一大杯啤酒，边喝边在纸上画，那就是学生，你判断他该有个二十岁的儿子了，他还称自己为"男孩子"。

也许是柏林在冷战时期有四十年成为孤岛的历史，所以到现在，柏林人在时髦上，还有些和整个德国不和谐，一种时髦，常常是席卷整个欧洲的，可到了柏林就改了招数。柏林人有自己的一套审美观。年轻人喜欢穿破衣服、颜色旧了的汗衫、膝盖剪开了的粗布裤子，光着脚穿回力球鞋，左脚穿蓝的，右脚穿红的。不可思议地就从大街上走过来，一耸一耸，怡然自得地走进来，舒舒服服地在桌子前坐下来，和已经在等着的朋友响亮地亲个嘴，怪而有趣。

有一次，我看到一个矮个女人远远地走进来，她把自己的头发染成黑色的，穿了一身虎皮花纹的短衣裙，穿着一双高跟鞋，还涂了一张血盆大口，努着那张嘴拉过椅子，一身的风尘打扮，可就是没有风尘女子那种破罐子破摔的自卑。她实在是粗俗的，可样样粗俗到底，非常地道。她正大光明地吃色拉菜、喝干邑酒、在酒杯边印上通红的大嘴巴印子，自然流畅，一气呵成。看着看着，就觉得这个人丑到了底，反而美起来了。

32

夏初的时候，天色金红，空气里充满了从冬天里解放出来的温暖的阳光气息。柏林开始了最美丽的漫长黄昏，一直要到九点，天才会慢慢黑下来。下班以后的人不急着回家，而是到咖啡馆里先喝点、说点，放松一下自己。那时咖啡馆里每张桌子都是满的。

男人染了头发的，女人剪了寸头的。黑色的汗衫和黑色的粗布裤子、非洲风格的大花裙子、印度的棉布长衬衫、南美的背囊。同性恋的女子彼此握着手，大男人哈着腰，小心翼翼跟在小孩子后面端着冰淇淋。鸽子在人的脚边散步，摇摇晃晃像大肚子女人。孩子们吵着，一桌子的男女突然哄然大笑。一对情人在说着什么，男的是白的，女的是棕色的，两只不同肤色的手在桌面上抵死缠绵，像瑞士卷。一对从日本来的旅游者小心翼翼地尝德国忌司，好像在吃毒药。还有人，在阳光里大叉着长腿坐着，把一大杯金色的啤酒搁在大腿上，十分沉醉地在想什么，或者呆呆地什么也不想，眼睛在金红的天光里成了淡灰透明的玻璃珠。从外面走进一个黑发女子，棕色的皮肤像是假的一样，脖子上挂满了饰物，她张开嘴就唱，那是支西班牙歌曲，热烈而无赖，让人听着觉得自己心里不安分起来。而另一个年轻的女孩子，剪着整齐的齐耳金发，在长桌的一头端坐不动，哗哗地写着长篇大论，那张脸严肃得像居里夫人分离出镭的那一刻。

一天的工作终于结束，人人都在长长的黄昏里从自己的角色里走出来松一口气，享受片刻真正属于自己的生活。这当然不是办公室里能想象的，也许也是在自己家里做不到的事，必须到一个不拘怎样的人都能被接受的地方，什么也不想，信马由缰。这样的地方，就是一家人头济济的咖啡馆。那在六世纪的阿比西尼亚高原，把山羊刺激得又叫又跳的咖啡果，在咖啡馆里散发着让人多少有点想入非非的、浓烈的、发酸的、令人兴奋的暖香，与办公室里匆匆一饮的咖啡断然不同。

有一些黄昏，我坐车路过十字军山的街头，路边咖啡座里坐满了晒黄昏太阳的人，大街上咖啡厅里坐满了会朋友的人，连面包房外只有一两张圆桌的迷你咖啡座也坐着买完面包歇脚的人，好像全区的人，都到咖啡馆里来了。只是他们不像马德里街头的人那样放肆，他们常常默默地侧着头，脸上显露着德国人一丝不苟的庄重与好奇。

黄昏时分的运河咖啡馆，柜台里加热用的蒸汽机，哧哧地响个不停，像电视肥皂剧里用的罐头掌声，一次次为每一位新客人登场而响起，千篇一律地隆重。

咖啡馆的时间

早晨九点钟，大多数咖啡馆都还没有开门。从紧闭的门和窗里望进去，椅子还翻起在桌上，从窗缝和门缝里，一丝丝传出来的，是昨夜的香烟和咖啡混合在一起的气味。外面桌椅上的第一个客人是清澈的阳光，九点钟的阳光将要照暖锁住桌椅的铁链子。等伙计开了门，拿了钥匙来打开缠在桌腿上的铁链子时，它们已经是温暖的了。

上午十一点钟，街角的咖啡馆窗前，有人坐着吃早餐。

在礼拜六的十一点钟，独自在一家咖啡馆靠窗的桌前吃早餐的人，一定是个寂寞的人，是独自住着的寂寞的人，而且是连周末都要独自去酒馆里消磨的矜持的寂寞的人。在礼拜六大多数人都赖在床上不肯早起的十一点钟，自己隆重地去吃一桌子的早餐。这时候，幸福的人在床上，勤劳的人在超级市场，爱护自己的人在树林里跑步，有责任心的人在照料自己种的植物，无聊的人在信箱边上看和早报一起来的广告，更年期的人在浴室或者楼梯上大动肝火，只有寂寞而沉默的人，在咖啡馆里，默默地看着外面。

下午一点钟，阳光带来的热气让人想要睡着，桌上杯子里的苏打水在翻着气泡，空气里有食物残留下来的油腻的香味，在吃过饭的午后，炸薯条的气味让人觉得饱。

从大敞开的门和窗内望出去，阳光白花花的，树一动不动，也快要睡着了。窗边上有人滔滔不绝地说着什么，他们好像并没觉得累，但他们的声音通过温暖稠重的空气传过来的时候，好像是嗡嗡作响的睡意。

柜台上的电视里，播放着无聊的、虚伪的肥皂剧，主人公生气了，砰地关上门，可那扇门在他身后，一直颤抖着，让人一眼就看出来，那扇门是用厚纸做的道具。

下午五点，全柏林最有名的奥瑞尼尔伯格大街上，最有名的反传统的咖啡馆门口，一个男人领着一条大狗走出来，那是一家有很多客人会抽烟的咖啡馆，所以他俩的身上、毛上，散着香烟的气味。平时大家都要上班，在下午，咖啡馆里多是自由职业者、大学生和旅游者，他们散发着日常生活之外的那种暂时的自在气氛，他们使得咖啡馆的

35

店堂里有种幼儿园教室里的欢快和散漫。即使是阳光洒满桌子的五点钟，还是有人点了许多吃的，不停地吃。要是在阴沉落雪的下午，每个桌上都会有一根燃着的绿蜡烛，顶着金色的火焰。

东柏林时代的交通信号灯如今是柏林的象征符号之一

午夜十二点，是咖啡馆的好时光。像一个在烈火中通体放光的木炭，咖啡馆在十二点钟的时候散发着热咖啡和西班牙葡萄酒的芬芳，散发着金色的灯光和烛光，弥漫着精神已经完全放松的三人乐队演奏的音乐，有时他们也唱歌，汗从他们的额头上一点点地渗出来。

这时候，咖啡馆里的人，不再警惕和小心，一颗心放在咖啡里洗过，放到葡萄酒里煮过，放到音乐里泡过，现在，它想要打开门，把里面的故事拿出来，成为情人，成为知己，成为挚友，成为人间一切温情的角色，在那灯火通明的房子里，在那样的深夜。出了咖啡馆的门，常常会

36

看到满天的星星，由于夜深，它们变得大极了。

胡迪尼咖啡馆

在街角上的咖啡馆，常常有着朴素的外表，看上去普普通通的。外墙上有点斑驳剥落了，露天的桌椅上坐着人，看上去不怎么高兴的样子，一个紧紧向前贴着桌子，另一个则努力地向后靠去，连脚都不肯往桌下伸，而且垂着眼睛。秋天的银杏叶哗啦啦地跟着风经过他们的桌子。

但推开门进去，眼前满是红红的颜色，是那种火焰般的金红。每个桌上，有客人的、没有客人的，都燃着蜡。

让人觉得有点神秘，那种金红的墙壁。

坐上一会儿，喝一点酒，慢慢就有了想要倾听，或者倾诉的愿望，两个人会离桌子越来越近，眼睛里的栅栏一点点打开，烛光闪烁里，能看到通往心灵深处的长长的通道。

魔术散场了

第一次见胡迪尼咖啡馆，是一九九九年深秋。那时欧洲的天色已经一团灰暗，下午四点太阳就开始失去颜色，变成惨白的一团。

街上的小孩开始点灯笼玩，因为传统的灯笼节就要到了。我在胡迪尼咖啡馆的大玻璃后面吃了一份汤，热呼呼的，又喝了一碗滚烫的咖啡。天色是不好，可在灰色暮色中，于低矮处烛火闪烁的纸灯笼让人觉得好。十字路口上，十九世纪末二十世纪初的公寓虽然多年失修，但高大的窗子里灯光明亮，照亮里面满墙的书架，上面除了书，还有一个绿色的青蛙面具，看上去像爪哇岛上农民的手艺。那窗子里的人家看上去也让人觉得好。

我心满意足地记住那样的街景，并写在书里面。

那时我开始非常习惯在咖啡馆里做事，想事，想一个人待着，就去咖啡馆。那时我就住在维尼塔附近，在厨房橱柜里拿出柏林地图来，走着就能找到各种自己喜欢的咖啡馆。从维尼塔站到科罗维兹广场之间的那些咖啡馆，都熟悉了。

再次走进这个籍籍无名的街口咖啡馆，已是二〇一三年初夏——十四年以后。站在店堂里只觉得此地比那年秋天要空洞阴凉得多，其实这是个晴朗的夏日。秋天密闭的咖啡馆窗子全都敞开了，阳光亮得扎眼睛。咖啡馆外面的街道上，高大的醋栗树在温暖的风里摇曳着青青的醋栗果子，它们还很幼小，不像那年树下落了满地咖啡色的醋栗。

我不知道自己的记忆为什么如此失落，直到我看到菜单。原来这里已变成一家主营印度食物的咖啡馆。难道胡迪尼是印度人吗？我迟疑地问自己。

当年的"好"已经消逝在时间里。时间总会改变些什么，它总得做点什么来表示自己存在的真实性。

我还是坚持坐下来，要了一份汤，一份印度汤。要了一杯咖啡，印度式咖啡。当然即使这样也不能找到从前的胡迪尼咖啡馆。不过作为补偿，我口袋里的那本地图册，正是一九九九年我用过的。

是的，魔术散场了。

生长在室内的榕树

一九九三年，当我走进那间房间，放下背囊的时候，看到地上靠近阳台的地方放着一个花盆，里面有棵小树苗，一棵小榕树。那时我用的背囊还是很传统的筒式的背囊，口上用一根绳子扎起来收口，不用拉链。

我把背囊放在花盆旁边，住了些日子，就去西班牙旅行了。

要不是有张照片，我一定会将那棵小榕树忘记的。

然后时光一转，就到了二〇一〇年。差不多同样的秋天，还是在慕尼黑，我住回原来的房间里。房间变得不认识了，满墙都是故意刷成的斑驳浓绿。弗朗西斯告诉我，是因为那棵树的关系。那是一棵形状漂亮的榕树，它向床垫子伸出秀气结实的枝丫，垂下无数片拖着长长尖角的树叶，它婆婆娑娑，站在房间里，向四周伸出绿色，安静而恣意，好像一个天长日久的好梦。为与它匹配，弗朗西斯将整个房间都刷成了绿色，用塞尚式的笔触刷的墙。为它安置了一幅正方形的镜子，让它时刻倒映着树叶的模样，似乎是在郊外那个叫施瓦本的、明镜般的湖水里。为了与镜子里的树与房间里的浓绿相配，另一面墙刷成了明亮的黄色。

　　因为这棵出其不意长大的榕树，整个公寓都改变了。这改变是从那棵在卧室中缓慢但坚定地长大的小树开始的。它从一九九三年在塑料花盆里游移不定的样子，长到了现在，成为这间房间的主心骨，而且令一间本来简单明了的房间，步步走向幽深与幻想。

　　那个晚上我躺在床上，四周那种安静，帮我回忆起许多年前在这里住下的情形，那种慕尼黑寻常街区里的安静。汽车沙沙地压过路面，当轮子经过街道中央的慢行线时，就咕咚一声，好像小溪流过树洞时发出的声音。那是从雪堡到镇上邮局必经的道路，沿着小溪一直走，即可。从前总是把自己的电视机开得很大声的楼下老太太安静了，我先有点诧异，心里"咦"地一声，然后才想起来，现在已经是十七年后了，她也许已经不在了。

　　小树是渐渐长大的，但不意味着所有的人与事也都会在原处。

　　我此刻浸泡在多年前的那种安静中，但我也已经不是原来那个正经历着人生第一个精神危机的年轻女人了。我想自己大概从未讨厌过她家发出的电视机声音，那些含糊不清的德语，因为我和她曾一样感受到独自在房间里的孤单，一样需要一些别人的声音环绕在我们的空间里，那是一种日常生活的安慰。

　　榕树向我伸出它优美的枝丫，岁月在我没认真记得的远方流淌，以我从未期待过的方式驻留，在不知不觉中，仍旧有些难以置信的优美在安静地、自然而然地生长。要是我不来慕尼黑，我就会永远错过它。这小树现在理所当然

静谧的慕尼黑街角

地住在一只漂亮的绿色大瓦盆里，还有一只西班牙的白陶瓶和一只维也纳的蓝陶罐在一边，它们衬托着它的生机。

我闻得到隐约的洗衣粉那种特殊的添加剂气味从被套和枕套上散发出来，德国汰渍的添加剂气味。我还记得刚到德国时，我对这样的气味很敏感，因为上海的洗衣粉从未有过这样强烈的清新气味。我也为从德国带回去的衣物在上海清洗后，渐渐失去了这种异乡的气味而惆怅过。那似乎是一个世界的褪色。我一直以为自己不会再见到慕尼黑了，当年离开时，我从未想到过我日后会一次次来到慕尼黑，十七年后躺在当年一棵栽在花盆里的小树下。似乎那些消逝的时间并非落入虚无之中，而是化身为这些淡褐色的结实树枝与这些形状优美的树叶。当这一天到来，它便在从前的夜色中静静向我伸来绿色的枝条。

我虽早已不用那只海军蓝色的帆布背囊，但我还在旅行，一直都在路上。从心里来说，我大概还是原来的那个自己。也许是因为这样，我才终会有一天与这棵榕树相会。

就好像与一个奇迹相会那样懵懂与自然。

厨房

那是我第一次到柏林，在一个阳光灿烂而且温暖的初夏，窗外开满了白色的丁香，在我到达的那个午夜，散发着春天丁香的芳香，那是因为整个黄昏，它们吸满了阳光。

那是一个黄昏，我在厨房门口等着热水器给水箱里的水加热，然后我要洗澡。每天的阳光都很好，它们晒黄了我的头发，晒黑了我的手指，戒指在无名指上留下了一道白白的印子。我听到水箱里的水呵呵地轻响。房子的主人看到我时，特地引我到厨房来，看挂在墙上的长城日历。他说："这是个惊喜呢，我从来没想到过，会来一个中国人。"我想说，这是缘分呢，可我不知道这个字的英文词。于是我说："这让我吃惊了呢。"

黄昏金红色的夕辉久久地留在天上，一直要留到晚上九点。旧水塔前的咖啡桌边，坐满了人。旧教堂边上的咖啡馆里，早早点燃的绿色蜡烛照亮了蓝色的眼睛。动物园广场前，秘鲁人在卖银戒指，黑人在打鼓，鸽子在散步，一个男人，蓄着俏皮的长发，夹着一本书，摇摇晃晃地走过去了。在绿色的树叶子下，伏尔泰、歌德、席勒、黑格尔，许多白色的胸像永远严肃地看着前方。柏林初夏的那些朗朗黄昏，为什么有一点惆怅呢？

窗外的白色丁香，无数盛开的小小的花朵竟然压弯了树枝。

窗下有两个德国老太太在谈天，我听不懂她们在说什么，那是铿锵而诚实的德文，熟悉而又陌生。这就是那在德国的感受，对那些人、那些事、那些街道、那些音乐、那些房子、那些树、那些切成半片插在杯沿的柠檬、那些在睡不着的夜里默默闪烁的蓝色星星，熟悉而又陌生，很远又很近。让我不能相信的远和近。

那个黄昏站在厨房门边，多年不再有的恍惚又回到我的心里。好像有另一个我，站在屋顶上，看着站在厨房门边的我。那是我在童年时常会有的恍惚。站在屋顶上的我，

43

看着靠在门框上的我，有一点吃惊：她站在这里干什么？她看上去为什么有点伤心呢？她怎么到这里来了？她为什么会那么喜欢金色的漫长的柏林的黄昏？

那都是我不能回答的问题。

水箱里的水呵呵地轻响，我想它们已经热了。可我拿来了照相机，这是我拍下的第一间我用过的厨房，带着在心里小船一样起伏着的疑问。八年过去了，我再也没有回到那个小公寓去，照片上留下来的，是八年以前黄昏的阳光，八年前的常春藤，八年以前已经喝完的苏打水，八年前没洗干净的咖啡壶，窗子前在八年以前盛开的、压弯了绿枝的白丁香，还有窗边画着长城的中国日历，那是偶尔挂在一个德国厨房里的，也是八年前的了。

看到照片上永远不会变的它们，我心里那条八年以前曾起伏不定的怀疑的小船又慢慢浮现，而且动荡。

她站在那里干什么？她看上去为什么有点伤心呢？她怎么到那里去了？她为什么会那么喜欢金红色的漫长的柏林初夏的黄昏？

原来我并不知道是为什么。

芭芭拉记

因为一种爱情

　　每次我到柏林，都会住在芭芭拉的家里。放下行李以后，我去浴室洗一个热水澡。她家的浴缸是老式的，很宽大。贴着浴缸，立着一面大镜子，为了让洗澡的人一边洗一边看自己淋湿的裸体。从前我没有看到别人家这样放过镜子，芭芭拉曾经是六十年代欧洲学生运动中的狂飙青年，不知道这样的一面镜子与她的青春史有什么关系。那面落地长镜，不像传统的浴室镜子那样本分实用，也不像情人旅馆里的那样低级趣味，它自由地、俏皮地、欣赏地、快活地照着人在热水和灯光下柔软发红的裸体，让你一边洗干净自己，一边好好看一看自己的身体，多少有点自恋和自豪，那是六十年代欧洲激进青年对自己裸体的情怀。那时候中国青年却正在成为狂热的红卫兵，在大街上剪去年轻女人的电烫的鬈发。

　　芭芭拉在她的厨房里等着我，桌上放着从杭州带来的龙井茶，我知道她一定已经烧好了一壶中国绿茶。与一个中国男人度过了一生中最重要的三十年，芭芭拉习惯了用筷子吃饭，学会了一口普通话，懂得品清淡的绿茶。在德国人误解中国的人和事的时候，她会气得连额头都是红的，而要是中国人说自己的家乡菜世界第一时，她也会一样地气愤，说："我们德国人愿意去试全世界的菜，虽然我们也爱家乡的菜，为什么中国人就不可以尝尝别人的菜。"

我知道她会问我想要喝什么。常常我要喝的是德国的水果茶，特别是我刚刚到柏林的那一天。然后她就笑着说："当然。"她说的普通话，留着德国话的一点点顿挫的口音。

厨房里的一切都在原处，备菜桌上放着水果篮，里面有被德国北部干燥的天气收干了水分的柠檬和苹果，也与从前的情形一样。厨房壁橱的白门没有关严，可以看到里面的架子上层层叠叠地放满了桂林的白豆腐乳、北方的鸡蛋挂面、山东的紫皮大蒜、台湾的沙茶酱和老抽酱油，当然还有安徽的小磨麻油，甚至还有一根东北的木头擀面杖。芭芭拉壁柜里的东西比柏林亚洲店里的东西都要地道。记得第一次我到芭芭拉家做客，那时我是和朋友一起吃了东西以后再去的。可是芭芭拉和阿田直接把我接到他们家的厨房里，他们已经做好了一桌子中国菜，笑眯眯地等着我。桌子上放着中国的青花小瓷碗、洗得发了白的筷子。那天我在芭芭拉家的方桌子上吃得不能动弹，那是记忆中我在德国吃得最饱的一顿饭。那天我才知道什么是饱了，什么是不饿。刚刚和中国人结婚的时候，芭芭拉不会做中国菜，她在晚上吃黑面包、肉肠、忌司。而她的丈夫则要自己做一个热的汤，才算是饱了。现在，她的丈夫已经去世。在中国新年时，芭芭拉请了四十多个客人来庆祝，大家都吃到了她做的中国菜，连中国人都说，芭芭拉家的菜，比满街上挂着红灯笼的中国餐馆里的菜好吃多了。

在漫长的日子里，芭芭拉的脸慢慢长宽了，不像她年轻时候的照片上那样，是一张地道的东普鲁士女孩狭长的脸。早晨在洗澡前，她穿着杭州的绣花袍子在厨房里看《南德意志报》。她在德国作的演讲总是关于中国的内容。她在七十年代以后，越来越多地到中国旅行，在中国人好奇地问她怎么能说这么好的中文时，她常常说："我是新疆人啊。"作为一个台南大家族的德国媳妇，她学会了吃凤爪。她翻译的中国小说得了德国的奖。有时候她会想要吃一碗大米稀饭，就着微辣的豆腐乳，而且非常想念中国早餐桌上放在小瓷碟子里的各色小菜。她有一次告诉我说，她看上去不那么像欧洲人，也许她的上一世真的是个亚洲人。她爱上一个来德国学习的台湾学生，从来不觉得这是自己生活中的奇迹。这像是命定的，从小她的家在战争中不断地搬家，她就觉得自己是与别人不同的外乡人，她的心情就是莫名地怀念某一个遥远的地方。上大学的时候她选择了东亚系，她说，要是没有遇到阿田，也许她有机会爱上一个日本人。

向往着爱上一个遥远的、和自己完全不同的、带着一点点感伤和浪漫的人，也许不仅仅是她一个人的心愿吧。那个过分的心愿是那样地模糊，像睡着的鱼一样，沉在水底。应该有许多人，从来就不知道自己的心里还有这样一条睡着的鱼。还有的人，看到了它，可是看不到有任何可能，所以掉头而去，让那条鱼慢慢地寂寞而死。

"爱上一个完全不同文化的人，有困难吗?"有一次我问她。

"不困难。阿田和我很合适。"芭芭拉说，"只是他是那么不喜欢跳舞，我也就不怎么跳舞了。"芭芭拉说着就笑了出来，"阿田有个台湾一起来的同学，来德国以后喜欢极了跳舞，他告诉阿田说，跳舞的时候可以碰到女伴的大胸脯。阿田是多么严肃的人，他马上说自己不跳舞，就真的一辈子都没有跳舞。看到我跳舞，他也不高兴。"

那一次我们说了很久，关于阿田。芭芭拉说他们是不同的人，"要是看到天上有云，我会说天就要出太阳了，可阿田一定说，马上就要下雨了。但我们在一起度过了很快活的日子。和他在一起的生活，我知道了看一件事情，不一样的人会有很不同的想法，不能只站在自己的立场上看这个世界。一个人要打开自己的心和眼睛，想一想别人的想法。"这也许就是芭芭拉比一般的德国人有趣和温和的原因，她的灰色眼睛里有一种善解人意的神情，让你觉得可以被懂得，即使你不被懂得，也不会被伤害。也许这是真心爱上过一个外国人的人，经历了凭着爱情走过千千万万种不同，就连关门压着了手指叫痛的那个感叹词都不同的人会有的眼神。

那是一个秋天的黄昏，在金红色稍纵即逝的暮色里，芭芭拉的灰眼睛非常甜蜜地闪着光。我们一起开车回家。在那次旅行中，我们从北到南跨过德国，在公路上不断有路牌掠过，她总是说他们从前一起来过这里，和阿田一起，骑自行车旅行，或者是爬山。在我们路过一个绿色的路牌时，芭芭拉说，这里是阿田刚到德国时学德文的地方。她说着，突然哽咽了一下，眼睛里充满了眼泪："要是我想起阿田，我就会觉得他真的，真的——"她摇着头，腾出一只手来擦去眼泪。透过公路旁的树林，我远远看到那个小城，红色的瓦顶在夕照里像金鱼的背脊，教堂的塔楼里有什么东西在闪光，我想那是教堂的钟。阿田的车在，阿田的芭芭拉也在，连阿田刚到德国时天天听的教堂大钟都在，就是阿田不在了。他在德国生活了三十多年，在打排球时突然倒地，就去世了。

他现在是放在书房里的一张照片，芭芭拉为他供了中国的迷迭香，还有德国的菊花。按照他生前的愿望，芭芭拉把他的骨灰送回台湾，放在他母亲骨灰坛的旁边。到中国新年和七月的鬼节的时候，她会去台南看看阿田，拜他的灵位。

然后，芭芭拉会到中国各地旅游，看朋友，逛书店，像从前她已经习惯了的一样，并跟着我去访问上海的老房子，自己骑车乱逛北京的小胡同，在北京的后海，一个绿色的小湖边上，她会坐下来和人聊天，把自己的故事告诉再也不会相见的一个中国人。"我喜欢很多国家，我也很喜欢意大利。可是，要是我去意大利，我会想，能去意大利真好。可要是我有机会来中国，我就想，哎呀，我要去中国了！"二十多年来，她一次又一次在中国旅行，有了中国的好朋友，从中国带回去的剪纸、帆布书包、布底鞋和北京腔的一口普通话。

从前，她回德国后，常常好几个星期，不愿意把手表上的北京时间拨回到德国时间，让自己保留一点点还在异乡的错觉。她时刻把北京时间的德国手表戴在手腕上，像被吵醒的人一样，紧闭着眼睛不愿意醒来，让阿田看了生气。而芭芭拉说，是因为爱了一个中国人，她才想要了解中国的一切，才会对这个地方也有类似爱情的感觉。那里的树、那里的天、那里的街道上的气味、那里的人发出的说话声，那是别的语言，熟悉而陌生，蕴涵着因为遥远而来的温柔和感伤，和你爱上的那个人的容颜一起，总是回荡在你的心里。"要是一个人想要知道自己情人国家的一切，像对情人的身体一样热情，那才是爱情。"芭芭拉说。

这样的爱情，像一场冬天的鹅毛大雪一样可遇不可求，可要是它来了，带着天上清凉彻骨的气息漫天而下，就会把一切都覆盖。它那么美可不着边际，那么脆弱可不能阻挡，那是一个阿田所不能承受的，所以聪明的阿田生过气。在一些年以后，阿田去世的追思会上，他们夫妇最老的朋友，还在致辞中提到这件事。

常常我和芭芭拉在厨房里喝茶的时候，我的朋友会打来电话。电话放在门廊里的小茶几上。芭芭拉先跑去接电话，她说"王"，而不是报她自己的姓——穆勒。她跟了一个中国人的姓，所以我的朋友总是以为我是住在一个中国人的家里。我有时会解释。我看着门廊对面的客厅，墙上挂着广西孩子画的画、东北的皮影小人。一个明式的大橱靠墙放着，那是千里迢迢从上海的老旧家具店里买下、修好，运到德国的。这的确不是一个德国人的客厅。那个明式的旧橱在柏林干燥的天气里开裂出一些细缝。可是这也不能说就是一个中国人，或者说是一个华侨的客厅。墙上还挂着在意大利画的画，门边挂着一只蓝色的木头手，是芭芭拉的犹太朋友从耶路撒冷带来的礼物，犹太人常常把这样的木头手挂在门上，像是中国人的门神。这是一个眼界开阔的人的客厅。"芭芭拉嫁给了王先生。"我解释说。当我这么说的时候，总是想起有一次，我们一起去瑞士，住在海伦家，天天在海伦家的厨房里吹牛到深夜，一起喝光一大瓶干邑酒。海伦开玩笑说，为什么不让我回家去再为芭芭拉找一个中国男人，芭芭拉的生活太寂寞。这时，芭芭拉的脸在酒色的红晕里浮出一个淡淡的笑，她说："中国的男人大多数都很脏，他们的头发尤其脏。只是阿田不是。"芭芭拉和海伦后面说了什么，我没有听清。"但是她其实是个德国人。"我会接着说。

　　"我是一个对中国有了解的德国人。"芭芭拉总结自己说，"爱上阿田，嫁给中国人，喜爱中国的许多东西，这都不能把我变成一个中国人。在我的生活里和中国有很多联系，也有许多的麻烦。我喜欢这样的生活，现在想起来，我高兴在大学的时候遇到了阿田。"说起这事儿的那一天，我们决定要做红烧肉吃，加点糖，用老抽，重糖赤酱的，是上海本帮菜的烧法。

端凝的柏林建筑

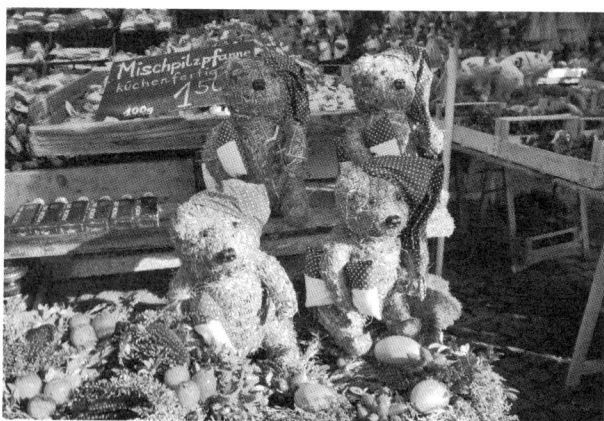

富有生活情趣的街头小摊

一扇开着的门

这是一个夜晚，在柏林十字军山，一个普通的老住宅区。

我从地铁站出来，越过一个停车场，回我的住处，芭芭拉家。

长风扫过寂静的街道，灯光明亮的土耳其多纳饺店，还有老式的咖啡馆开在街的拐角，里面通常是些中年以上的男人，喝了啤酒就大声说话。人行道上充满了落叶新鲜的芳香，金色的落叶跟我一起过马路，在旁边发出像玻璃一样清脆的声响。这是柏林即将进入漫长的灰色冬天前，一小段异常温暖的日子。蓝得发紫的天，金色的落叶和青灰色的大房子，还有上个世纪的大房子上一尊尊发黑的旧雕像，像失恋一样的味道。

一路上看着别人家窗上的灯。古典繁琐的水晶吊灯，也许是经历了大战的老人用的，当时有些人把自己的家具存在保险的地方，躲过了柏林大轰炸，就像马尔堡的海尔嘉一样。也许是心如止水的中年银行职员家里用的，他们喜欢和习惯用传统的东西，因为这样他们会觉得安全和自满，就像慕尼黑的艾尔德拉赫家那样。

挂大大的白纸灯笼的人家，相对会年轻一些，也许是那些在十字军山度过自己反叛的年轻时代的人，在自己的书房里用的。现在在路上，我有时能看到一个头发灰白的人，眼睛里留着年轻时代的余焰，就像弗赖堡的毕特，带着他们崇尚自然的理想。也许是仍旧年轻的学生，与人合租了一个公寓，在白漆剥落的窗台上种着一小盆大麻，像特里尔的学生合租公寓。

灯下的那个人有什么样的故事？

我看到三楼的一长排窗子亮着灯，它们应该就是她家客厅的窗。这意味着她有真正的客人来。平时我们总是在厨房里说话，围着厨房的白桌子坐，将一壶茶喝到泡不出一点点茶色。厨房里暖和而随意，一个人一生里的事，因为随意就变得容易说出口来。曾经有一次，说到六十年代欧洲学生运动的狂飙青年与中国红卫兵的同与不同，因为话题重大，所以我们拿了助兴的葡萄酒，去客厅里说。但是一旦落座，我们反而不知道要说什么了。

我按门铃，门锁响了，是她在楼上开了大门。大门又高又窄，重得要把全身一起靠上去才能推开。八年以前，我一个人在维也纳街上走来走去，握着一张地图，像不停飘下来，又不停化掉的雪一样。独自在环道上的咖啡馆、歌剧院以及博物馆的门前进进出出的日子，在那个下午突然变成了不能忍受的无聊。我找到一些旅游者不去的街道，路过一扇扇有窗又高的门。门边墙上的对讲机，一个个小方块上，有一个个陌生的名字。我真的盼望自己能按响一个小方块，走进门里面去，看到那些门里面的东西。现在我想起维也纳，就会想到那个下雪的下午。它像香烟气味会附着在头发里一样，附着在所有关于维也纳的回忆里，维也纳森林中刚开的勿忘我和多瑙河岸上天蓝色的小教堂都带着那个下午的怅然若失。

楼梯圆圆地转了弯，带着一点点青年式建筑的影子。我的脚步声在寂静的楼梯上很响。楼道里有德国住家的气味，一些德国菜香料的气味，一些加了柠檬香的洗涤剂气味，还有咖啡的香气，以及严守秩序的德国式的肃静。

　　我看到这扇为我而开的、别人家的门，在楼梯灯下暖暖地黄着。这时候我明白，原来自己是个幸运的人。我幸运不是因为看到欧洲最美的教堂和广场、城堡和宫殿、可以在喷泉边吃冰淇淋、在城堡的大门前照相、在胜利女神像前转了一圈又一圈，而是因为我得到了这样一扇打开的门，让我能一点一滴、慢慢地摸到欧洲真实的体温。对我这样一个曾从小说和画册上向往欧洲、在欧洲曾被打碎了许多关于欧洲的幻想的人来说，年复一年的旅行中，在一条条寂静的街道上，一扇扇为我而开的大门，大概是最珍贵的礼物了。

重逢

　　二〇一三年七月，柏林遍地的菩提树散发出温柔的芳香，因为满树都是浅黄色的小花。许多年前芭芭拉告诉我一个犹太老人的故事。这个犹太老人在希特勒时代逃离柏林，到了哈尔滨、上海，后来又去了美国，辗转到了以色列，却在垂垂老矣时回到柏林，住进老人院。他说自己实在想念初夏时菩提树开花时的香气。说这话的时候，我和芭芭拉正在土耳其馆子里吃饭，头上高大的菩提树，在夏季漫长的夕阳里散发着和煦而明白无误的芳香。

55

此刻是深夜，新月挂在飞机之桥纪念碑的上方。战后柏林封锁时期的美军空投食物之处，现在是个大草坪，也被高大的菩提树围绕着，正在我窗子的对面，寂静无人。阳台里一朵喇叭花在月光里团团缩着静待天明。

仍旧有时差，所以起床夜游。我的床仍旧在王先生从前用的书房里，我用的被套和枕套，仍是二十年前用过的那一套。二十年前，就在我将要重返柏林前的几个月，王先生突然去世，算起来，那年芭芭拉五十一岁。《今晚去哪里》第一版在二〇〇一年出版时，用了一张照片，那时还是用胶片拍摄的，阳光照耀在一九九三年我放在王先生书房书架旁边的小床上。那时淮海中路一带遍地都是柯达胶卷的照相店，明黄色的门面。

二十年前，小床上的被套看上去比较新而已，就像当年的我们都有着年轻的身体。

王先生的书架少了一半。这些年来芭芭拉把对别人有用的书都慢慢捐出了，所以现在的小床能靠在墙边。打开窗帘，月光越过飞机之桥纪念碑的顶部，直照在我的枕套上，几乎将颜色全然抹去。

长长走廊里还留着芭芭拉的独生子小时候玩的秋千索，后来他长大了，秋千索上就挂单杠。现在他自己的孩子都已经八岁，他的家远在德国中部。我第一次看到他的时候，他还在上大学。柏林夏天的下午，芭芭拉家西向的厨房里灌满了柔和的阳光，芭芭拉和王先生似乎正在一起做台湾的油饭，走廊里充满了东方食物的香气，那长了一头黑发的混血孩子就躺在厨房地上的地毯上，和父母安适散漫地说着什么。

如今，他在照片上变成一个身体强壮结实的中年人。

现在单杠架上挂着一条裙子，是芭芭拉的。

走廊墙上还贴着一张德国地形图，以及一张德国行政区图，多少次从柏林出发前，我都站在这里一遍遍地看自己将要走的道路，在地图上是短短的一截，在大地上，却要路过无数的树林、草地、教堂，深夜在车窗前一晃而过的灯光灿烂的小镇，下午时分在静谧小湖中央孤独浮动着一只天鹅。

许多次芭芭拉和我一起查看地图。她总是习惯用食指和中指，在地图上做出走路的样子，说："呐，从这里可以一路走过去。我少年时代与我妹妹一起暑假骑自行车经过这里，很漂亮。"有时我们一起出发，在路上风和日丽，她却会突然落下眼泪，因为想到王先生。从那时，直到过去了将近二十年，我才经历了亲人去世的痛苦，当我走在自己家附近，风和日丽之时，我也会突然落下泪来。这才理解芭芭拉当时一边擦去眼泪，一边说"我也不知道为什么眼泪会突然落下来"那样的疑惑。原来中年人那种如同大雨突至之泪，不是酝酿很久的雷雨，而是一道闪电。

原来人到中年，并不会不惑，而是要在感受生命的流逝中不断地吃惊和困惑。只是此时已知道不再像儿时那样向父母抱怨，而是选择了静默地接受，酽酽地咽下去。

我在地毯下吱吱作响的走廊里站了一会，这里很安静。二十世纪初柏林建造的大公寓，最靠大门的，原先是孩子的卧室，现在芭芭拉当了自己的书房。客厅还在原处，到处放着照片。我在那里的某张照片上看到了马尔堡的海尔嘉，我也在她家住过，我们三个人还一起拍过一张照片。

她家的小床，我也留了一张照片，也放在《今晚去哪里》了。她已在二〇〇六年去世。她经历的人生漫长，第一次世界大战和第二次世界大战，嫁给自己爱上的青年，中年时代丈夫的外遇，食物匮乏时代为养活一家人必须学习的节省，还有用格林兄弟童话故事在马尔堡的出版物给自己的孩子讲睡前故事。我还记得我们在一起度过一个十月的黄昏时，她说起过的法国海滩上的夏天，炙热的阳光。我记得她仰着头微笑，就像她那个时代女人的风格，但现在她只是一张照片了。

原先垂挂在芭芭拉家客厅里的植物大都不见了。房子大修的时候芭芭拉从墙上取下了它们，后来它们就不在了。

幽静的柏林小巷

一九九三年我也是夏天到柏林的，和芭芭拉去哈克榭霍夫的老房子里喝了咖啡，回家来便睡不着。芭芭拉转身去厨房冰箱里取出一瓶喝到一半的葡萄酒，手指上夹着两个杯子回到客厅里，晃着肩膀说："既然这样，就让我们通宵喝个痛快。"于是我们那天直喝到天明。

"既然如此，那又怎样。"这种安然若素是我在这间客厅里学到的。就在今天傍晚，我们又在一起喝了酒，一边谈论着如何将走廊收拾得宽大些，芭芭拉在准备她下一次中风，如果需要轮椅，希望在走廊里能畅通无阻。柏林夏季明亮悠长的阳光，仍旧让我们忍不住赞叹夏天黄昏的美，那种美让人不忍心独坐家中，觉得自己浪费了生命，它吸引人走到它的光线下。它照在芭芭拉松弛的脸上和湿润的眼睛上。

王先生的照片仍旧在架子上远远地微笑，和多年前的那个深夜一样。他从来知道芭芭拉不需要担心，他走得迅急，但是也放心。多少次我与芭芭拉和盘向对方托出自己的生活，她都说孤独很大，但仍可以应付，也能感受到自由的巨大。她曾一直戴着王先生送的项链，这次才摘下去，换成了与衣服相配的其他各种项链。

客厅旁边是一间起居室，然后是王先生的书房。芭芭拉过七十岁生日的时候，请了八十多个客人来庆祝，四间可以让客人进入的大房间之间的门统统敞开。灯火通明时，大房子的好便显现出来，它到处都是记忆。

芭芭拉用了二十年来慢慢适应独自在这里生活的日子。孩子和丈夫好像灯下的影子那样，永远都会在，却无法触摸。现在看起来，这里更像一个女人生活的空间，无所不在的照片，穿衣架上女式的外套，公寓里有一种女性温和与秀丽的气氛。

厨房是我和芭芭拉最熟悉的地方，在厨房窗前我们各自有固定的位置。

我仍旧知道桂林白豆腐乳瓶子放在哪里，还有咖啡粉。也知道如何到楼下土耳其人开的蔬菜店去买东西。或者去地铁站旁边的多纳肉饼店去买两份多纳回来吃。我和芭芭拉一起去，我们上一次买多纳是一九九九年的一个傍晚，那时为我们做饼的土耳其男人现在已经退休了。

我们每天早晨都一起喝一个漫长的茶，一直到留在面包刀上的果酱都干硬了，我们还没说完话。我们渐渐熟悉了对方的家人，她有我爸爸在去世前签名的书，因为对我来说太珍贵，所以只肯送给我最亲密的朋友。

架子上放着一对丹麦带回来的玻璃杯，芭芭拉送给我和丈夫喝酒的杯子，因为听说我们俩常常在一起长谈，她认为我们应该一边喝点什么，一边谈话，更享受与亲密的人长谈的愉快，那正是王先生离去后她缺少的。可是这次旅行我带不走，于是，我们说好下次直接从德国回家时，再来取走。"它们就坐在这里等你。"芭芭拉轻轻拍了拍那对玻璃杯，好像安抚两个孩子。

在芭芭拉眼睛出问题后，我看着她说话时，总能看到她失明的那只眼睛里有种奇异的、金属般的闪光，那是手术留下来的。时光在一个充满活力的肉体上留下拖痕，就像一把椅子划过光滑的地板所留下的痕迹。在夏季总是微亮的夜里，玻璃杯在暗处闪光，我衷心期待我的世界安然无恙，长命百岁地存在在这里，哪怕是些照片，落叶一般散落在这个大房子的各种角落，当你碰到它们时，它们才发出微轻的响声，心满意足而嗒然若失。

我站在大门旁边，这扇门为我敞开了二十年。门里的人成了朋友，门里的故事我也一一知晓。二十多年前快乐的一家人，如今变成了一个人和许多照片，这就是生活。一个中午，乘光线最好的时候，我再次给这扇打开的门拍了一张照片。芭芭拉站在门后面说，陈丹燕，这扇门总是为你开着的，这里面有你的床，你的被套，你的桂林豆腐乳。这就是我的朋友，有二十一年友谊，纵是天涯海角也不曾离散过的老友。如今我如此熟悉这里，即使用了三十年的老锁头，需要技巧插进钥匙的大门锁，我的手也有了精确的感觉。

这是柏林二〇一三年夏天的黎明，月亮渐渐落下，太阳就要升起。我想阳台上的喇叭花正准备好努力撑开自己的花瓣。它已经开了三天，但是它还想在第四天盛开。

常青

柏林十字军山附近的街上，有一个老墓园。那个老墓园巨树如织，绿色中错落着各种上个世纪的石碑，荡漾着一种略有阴郁的浪漫气氛，我最喜欢。

更让我喜欢的是，这是个被亲人们好好照顾着的墓园。每次到柏林，去那墓园转上一圈，都能看到这里，那里，石碑前总是开着花，暮春时节的玫瑰开得好极了，到黄昏，半条小径上，都能闻见熟透了的香气，好像亲情和爱情都在延续。而且，因为只有心灵上的联系，反而比现实生活更完美了。

墓园门口天长日久竖了一个铁架子，好像厨房烤箱旁的墙上挂着的隔热手套和蛋糕盆一样，上面吊了各种颜色的水壶，为花草浇水用的。

难得这些墓园里的园艺工具，都挂得这么好看。

去世的人与未亡人之间，有种心灵的联系会长久地存在。我从不相信一个人死去后，就会完全从这个世界上消失。每次我去这柏林的墓园，经过这个明媚愉快的水壶架子，心里都会浮起那些我惦记的死者，他们没有病痛时的样子，他们好像垂下头微笑着，总是安适而快活，甚至那些自杀者。我相信因为死者以某种形式仍旧活着，这些水壶才会这么干净好看。

　　看那只黄色的水壶，简直就好像是一双愉快的眼睛。

光影交错，恍如时光留下的印痕

维尼塔站

周日下午，阳光暖熟时分，于门厅幽暗处，靠在桃花芯木的旧式大橱上换上鞋。

"好啦，我走了。"

快快地下楼梯，三楼人家门边的擦脚垫子上写着呆滞的"欢迎"，二楼人家的门缝里传出来细微的音乐，底楼的门厅里有一个暗蓝色马赛克砌的凹室，看上去像是从前放一尊小雕像的地方。门缓慢而沉重地在我身后合上，"咔嗒"一声。"终于是结束了。"好像说。

街上到处都是周日下午令人格外放松的阳光，将后院背阴处冷清的丁香花气味隔断了。

快快地走到地铁站。这是个二十世纪初柏林黄金时代建造的旧车站，钢铁龙骨上钉着整齐的圆头钉，尖顶的车站办公亭，铸铁长椅，带着工业时代初始时天真的自满。露天的月台上阳光非常明亮，由于周日下午的缘故而格外令人难以辜负。是因为它做出如此的决定的吗？好像只想赶快出去，去什么地方晒太阳就好。

系鞋带时，望见公寓长走廊里，阳光在窗外的强烈反光。因为阳光的强烈，显得室内幽暗与绝望。

走廊尽头是书房，能看见长沙发椅的一角，橘黄色的垫子上还能看到争执留下来的皱褶。抵触和失望的凹陷，还有冷漠不快的纹路。从尽头走过来，是厨房。那里有慕尼黑带过来的旧白桌子，青褐色的桌面上有些凹痕，是从前烧着的烛台留下来的。十年前，在我第一次在这张桌子前吃晚饭时，那些凹痕就已经存在。至今，我的朋友吃饭前还喜欢将铜烛台嵌进凹痕里，点一枝白蜡烛。我就着一支烛光照过像，未被烛光照亮的半边脸总被埋在浓重的阴影里。多年来，断断续续，循环往复，我们真想成为天长日久的朋友，未果。

有乘客默默坐在长条椅上等待，薄薄的嘴唇闭成了一条细线，好像上演《等待戈多》。在默默等待的乘客旁边坐下，叹一口气，觉得什么都不用等，真是太好了。小时候打碎了无线电上的小雕像，忐忑了一整天，等到傍晚，母亲回来了，发现了，惩罚过了。独自来到阳台上，心情是难过的，也有逃出生天的轻松。小小的希望，甚至淡淡的欢愉，都在徜徉。这种悲欣互见，并不十分难尝。在厨房窗前能看到这个车站深绿色的顶棚，还有通向车站的浅绿色铁桥。红色列车缓缓开出，如果看，还是很耐看的旧世界遗景。

古老的红车缓缓开来，镀了雪亮克鲁米的车把手在阳光下闪闪发光，玻璃窗后面司机的脸也变得清晰可辨，是的，他并不知道发生了什么，而我知道。我能肯定这辆车带我离开维尼塔站，就像橡皮从地图上将这个小点擦去，这就是在门边道珍重，但不道再见的原因。

男人们

德国的男人看上去比较像女人想象里的男人，他们比较严肃，比较认真，长得比较硬朗高大。我在图书馆工作，周围都是书。要是书架上有一本书没有放齐，你只管等着，一定会有一个路过的男人匆匆走过去了，再转身折回来，将那本书码整齐了，而且，还要将身体向后仰去，左右看看，检查一下，再离开。他们也有某种幽默，但大多是哄然大笑，不会嘻嘻地低声笑。他们走路走得快，跨大步，风衣的下摆拂起，好像一架坦克，隆隆地开过来。

正因为对德国男人抱着如此印象，所以，当我混进柏林的爱的大游行的队伍里，渐渐发现彩虹旗下，大多是男人，才意识到，这个女人像男人，男人更像男人的地方，竟然有这么多男人其实不想当男人。

他们将自己扮作风情万种的女人，而不是普通穿汗衫和蓝粗布裤子的女人。他们穿着二十世纪初的长衫短裙，用羽毛做的长围巾绕在肩膀上，他们带着黑色的假发和绿色的长项链，他们是二十世纪初柏林黄金年代的淑女，他们手里还拿着各种各样又细又长的烟嘴，他们弯起的胳膊上还挽着一只带着发黄流苏的小包包，它让人想起来，旧小说里描写过时髦女子的包包里，装着一支美国口红，一盒英国粉饼，一盒埃及香烟，还有一把勃朗宁女用小手枪。原来，他们并不向往成为现代女人，他们要自己扮作世纪初的淑女，因为生活中已找不到这样的女人了。他们就这样摇曳生辉地在女人们面前走过去，好像要告诉我们，男人的理想到底是怎样的。

有时他们并不扮作女人，他们搂着自己的女人来游行。都说德国男人喜欢东方风情的女人，他们的女人也来自东方。但多看她们一眼，就发现那是扮作女人的东方男人。原来，他们自豪的是，自己有个扮作东方女人的男人。那异国来的情人有着浓密的黑发，热带棕色的细腻皮肤，还有东方人特有的温存与安静，以及颜色奇异的衣裙。身上散发着咖喱和椰子的气味，说鸟鸣般的语言，带着启蒙时代留给欧洲的东方迷梦。

当这样的游行小组经过，人群中就响起掌声和口哨声，好像在迪斯尼乐园，白雪公主在游行队伍里出现。

一种令人惆怅的阳光

十月十九日下午的柏林，这是我十三年中第七次到柏林。这本来是全无干系的城市，现在好像我家的抽屉一样，收藏着我十三年的生命。许多的时间，许多的好奇，许多欢愉或悲伤的感情，都收藏在柏林。一个本来不相干的地方，因此而变得相干。

十月十九日下午柏林的阳光如玻璃般透明和锐利，柏林秋雨到来之前的阳光就是这样的，在一九九二年时的东柏林小街里曾经是这样的，在一九九七年时的兰德维尔运河咖啡馆窗边也是这样的，在一九九九年的圣公会教堂门前的祈祷者铜像上还是这样的。每次，好像都是偶然遇见这样的阳光，但一年年的偶然，就变成了命运。在这样的阳光里，我看见自己的生命如涓涓细流，在柏林打了一个旋，又打了一个旋，才掉头顺流而下。

至今我在柏林，熟悉它的街区，亦有自己钟爱的咖啡馆，但还不能说它的语言。它是熟悉的，也是陌生的，就像一口甘甜的毒药。

十月十九日下午，我回到柏林，阳光像洗淋浴一样兜头将我打湿。像它很快就可以晒出皮肤上的雀斑一样，它也很快就将我心中的惆怅显影，嗒然若失，如一行诗歌般的老旧与充满感情。它与故乡的阳光不一样，一个人在故乡的阳光下终老，一样的岁月流逝，但不会有这样的惆怅——到底这是旅途上的落花与流水。

十月十九日下午的柏林，我站在旧邮政大楼前为这阳光留影。放下照相机，我看见本远远地从大街拐角处走来，他的金发与多年前我们初识时相比，已变灰了。

旧气

坐在满室旧书中，即使是屋外阳光灿烂，鸟语花香，室内也照样很幽静清凉，空气里充满旧书旧画册以及旧雕像散发出来的沉沉暮气，需要点灯。即使是屋外风雨大作，室内的变化，不过是灯光显得更加镇定干燥，一九五〇年的旧圆头图钉钉着的一九一〇年英国制世界版图，不过更皱一点，因为空气有些潮湿。一九一〇年的世界，非洲、亚洲和美洲以及大洋洲，各处都有涂成粉红色的国土，那是英殖民地遍布的旧世界。

这样的旧书店，大多散布在欧洲和美国各地靠近大学的街区里，大多在旧建筑物的底楼，大多带着一股子文雅松弛的旧气。

空气里有旧纸张不同于新纸张的醇和气味。

书架上塞满了电视时代之前，敬惜字纸时代那些洁身自好的书，老木头做的书架，高高地通向遗留着上世纪高大天花板上泛黄的浮雕藻井，有象牙塔的骄傲。

靠在书架上，翻看几十年前的出版物，那些显得老旧精致的字体，发黄的新闻纸边缘，郑重其事的手工印刷，整个身体里的血液都流得慢了。感官的通道也一一关闭，只留下对文字的内心感应，最狭窄和抽象的一条。这儿，那儿，在书脊上发现多年前奉为神明的名字。那些是初版书，永远带着初版书初恋般难以磨灭的新鲜感，翻开，魂归故里般摸索着找到难以忘怀的那些段落，姓名，对话，警句，纯粹阅读和想象的乐趣寂静地占据整个心灵。这种读书人的旧乐趣！

旧书店里的乐趣是落进旧日的气息中。像夏天在盛开的夹竹桃树下坐久了会头晕恍惚一样，在旧书店里泡久了，就忍不住要买下舍不得放手的旧版书。在都柏林买叶芝诗集，在芝加哥买怀特童话，在纽约买弗罗斯特诗集，只是不舍得将它们插回到旧书架上去。但是，它们一离开旧书店，原来那不可抵挡的魅力便也消失了，变身为再普通不过的旧书。

社会主义现实主义的作家们

在过去的东柏林，现在的柏林东头，一座公园深处，有一间东德时代的文学馆，现在还保留着。

老楼里现在很安静。与我去过的其他德国城市的文学馆相比，它显得黯淡。它的地板松动了，走上去吱吱嘎嘎地响。它的玻璃窗上落满了雨痕，好久都没擦过了。它天花板上泛出了黄色，好像是开会时被香烟的烟气熏的，也没有及时刷白。总之，它像一个被迫离婚的人那样失意。也许这是我的心理感受，因为我已经知道，它作为冷战时代的文学中心，已经被抛弃了。

就这样，我走进了一间小礼堂，在白漆斑驳的落地窗前，我看见一支老式的扩音器，方头方脑的，孤独而沉默地站着。

在墙上，我看见许多作家演讲时的照片，我想，他们都是这个文学馆邀请的作家。他们应该是上个世纪社会主义阵营的作家，苏联的，南斯拉夫的，匈牙利的，捷克斯洛伐克的，波兰的，东德的，阿尔巴尼亚的，古巴的，朝鲜的，越南的，中国的。在照片上我找到一张亚洲人的脸，他看上去不像是中国人，也许他是个朝鲜人，或者是左翼的日本作家。他们使用的写作方法，大都是苏联式的社会

72

主义现实主义。他们写的诗歌，大都是有马雅可夫斯基风格的。他们的作品里，要是写到音乐，有很大的机会要提到《国际歌》。他们都曾在这里朗读过自己的作品，那时他们的世界中，通行的语言是俄语。彼此称呼"同志"。

他们的脸上有种我曾熟悉的表情，抒情而压抑的，奋不顾身又小心翼翼的，是的，这是一种远离物质和日常生活的，非常精神性的表情。上个时代作家们的表情。

我吃惊地想到，如今，他们都已是上个时代的人了。

苏维埃世界中著名的捷克记者伏契克像，他的狱中日记《绞刑架下的报告》在六十年代流行于各个社会主义国家。纪念碑位于东柏林的庞考公园内。

偶尔留下的照片

这是一张旧照片，一九九六年在柏林米特拍的。旅行中，常常会突然拿起照相机来拍照，好像没什么目的。十年前我还在用胶片，用胶片的人大多都本能地节省，每按动一次快门，都在心里知道意义何在。而我，有时只是莫名的冲动，只想留下些什么。大约，这张照片是为了下午的阳光太好吧，那堆从咖啡馆内移出来晒太阳的大学生们，就是阳光好的证明。

多年旅行，留下无数这样的照片，积了满满一樟木箱。它们大部分没整理过，就留在冲晒店的纸口袋里。底片都套在透明底片袋里，散发胶片微酸的气味，让我想起中学时代的化学课。

想等以后老了，走不动路了，再慢慢整理成册。这也是回忆一生的方式。按照年份，每年一本，能放满整整一书架。我朋友家的地下室里，专门造了一间小房间，放他们夫妇多年旅行的册子，满满一房间。抽湿机日夜不停地嗡嗡作响，好像多年来时钟的滴答声压缩成的。和平而富足的年代，平凡而宁静的人生，生命的流逝，就在这些照片组成的河道里。

这张照片里的大学生，现在早已毕业了吧。他们不再能这么自由自在地晒一下午太阳了。那个亚麻色头发的女子，也应该成家立业了吧，不得不有时穿得整整齐齐的，坐在办公室里当社会栋梁。这些偶尔留在我照片里的人，让我强烈地感受着岁月如水般的流逝。

对我来说，他们也像时间般，不知流去了哪里。如今我再去柏林老城，再也找不到他们。

那些年轻轻松的身体，驻留在照片上，却象征着消失。

我猜想以后老了，等我收拾照片的时候，会有怎样的心情。

当年偶尔拍的照片，原来意义在这里。它就像水下的石头，要等到河流干涸了，才能看到。

待到二〇一三年我在早晨去米特，阳光太好，所以一定要在街边敞开的咖啡馆里好好吃一顿早饭。黑糖咖啡馆还没开门，隔着玻璃，发现里面的桌椅都还是从前的样子，时光好似能像飞越时区那样倒转。然后我在一家咖啡馆里坐下，吃饭，看地图，享受柏林的阳光，从 Pankow 开来的有轨电车轰隆隆地开走以后，才发现对面赫然就是多年前的八月之夏咖啡馆。

查理检查站

第二次世界大战结束后，战败国德国的首都柏林被分为东柏林和西柏林，由东方阵营的苏联管理东柏林，西方阵营的美国、英国和法国管理西柏林。在东柏林和西柏林交界的地方，有一条叫弗里德里希的马路，在那条非常柏林化的，灰色的，不长树的马路中间，站着一个美军设在西柏林边界上的检查站。这座在马路中间的检查站，负责检查东西柏林往来的人和车，可为什么要把它叫做查理检查站，现在已经很少有人知道。有人解释说，查理只是个普通英国人名字，没什么含义，好像我们中国人叫张三李四。

六十年代，在东柏林的苏联阵营和在西柏林的美国阵营越来越敌对，于是，这条默默站满了十九世纪庄严的大房子的街道，成为冷战时期最敏感的前线。直到现在，苏联那样一个大国已经消失，东西柏林也已经合并十年，历史早已经高歌前进，而这条街上还是迷漫着一种动荡紧张的气氛。参观的人们一群一伙地从弗里德里希大街四十四号的柏林墙博物馆走出来，脸上带着被吓着以后的那种恍惚，他们站在人行道上，往四下里张望，也有人的眼睛红红的，那是因为怜惜。那样的眼色，那样的张望的人们，终于使得这条马路保持了它的不安。

　　一九八九年十一月九日晚上，柏林墙首先被东柏林的青年冲开，急不可耐的蓝衣金发的人们，像动画片里为逃生而狂奔的恐龙那样，霍霍有声地掠过查理检查站的玻璃窗子和惨白的探灯，向西柏林奔去。"十点半的时候，电话铃响了，我们的朋友想带我们的女儿艾尔丝可去西边，因为他们听说柏林中心韶泽街和伯尔尼霍尔姆街的边境通道开放了。我丈夫不相信地拒绝了。"一个东柏林人日后回忆说。"宽阔的街道上挤满了汽车，为了停车，我们不得不先朝反方向开了一段。可是，孩子们等不及了，他们先跑过去看热闹。那天晚上，我们在熙熙攘攘的人群里再也没有见到他们。人和汽车都挤在一起，一步步地向前挪，一米米地向前移——从东部到西部，没有任何人检查。我们三个成年人在寻找我们的孩子，自然是徒劳地在张望。他们走了——肯定'到了对面'。于是，我们就自己徒步向维丁区走去。其他的东德人在这里四处乱跑，直截了当地问我们，选帝侯大街到底在哪里？"东德出产的式样笨拙的小汽车被裹在汹汹人海里，越过被封闭了二十六年之久的勃兰登堡门，它们在人群里，像大水里的小乌龟那样颠簸着，大喜过望的德国人用巴掌在车顶上蓬蓬地拍打，就像重逢的人们紧紧抱着那久别的身体，会忍不住用自己的手去拍打那个后背那样。检查站的士兵手里被塞满了从东柏林带来的鲜花，因为这些花，铁青着脸的士兵突然变成了腼腆的、手足无措的小伙子。查理检查站从此消失了。为了纪念它的消失，原来的柏林墙博物馆被改名为查理检查站博物馆。

查理检查站

一九六一年夏天，八月十三日，东柏林和西柏林之间，有了柏林墙。起初的柏林墙，是东柏林在两个柏林之间拉起来的铁丝网，想要封锁西柏林。可是，东柏林的人却因为那些本意要封锁西柏林的铁丝网着了慌，他们夜以继日地越过铁丝网逃往西柏林。八月二十四日，一个叫君特的东柏林人因为企图越过铁丝网，被看守边界的东柏林士兵打死在街道上。也是在那漫天金红暮色的八月的柏林，在波瑙街的关卡上，东柏林的一个年轻士兵用在中学体育课上学来的跳高姿势，背着他的枪，带着他的钢盔，跳过铁丝网，逃往西柏林。他在铁丝网上的那一跃，被人拍了下来，成为柏林墙博物馆里最引人注目的新闻照片。为了阻止出逃，东柏林很快把铁丝网修成了高大的砖墙。十月，一个叫乌多的人在夜晚越墙，被打死在墙上，最后一刻，他的尸体倒向西柏林那一边，然后，如他希望的那样，他来到了西柏林的街道上。为了进一步阻止出逃，东柏林沿着墙又修了一重墙。那两重高墙的中间，只有高高的木头杆，高大的木杆上，两片木片在上面交叉，指出东南西北的方向，远远望去，像一只在半空中定着了不飞，可又没有落下来的大木头鸟。

同一个城市的德国人，就这样被分成东方阵营的和西方阵营的，居住在墙的两边。亲戚们变成了两个国家的公民。当然，当时是政治造成了这一切。但是没有人知道，到二十多年以后，两个柏林重新成为一个以后，他们之间竟然有了如此深的沟壑，甚至外面的人都可以从举止上发现他们的不同。一九九〇年后，凡是对柏林统一以后的情形有兴趣的人，都被柏林人告知："尽管墙已经被拆除了，但它还存在在东西柏林人们的心里。"在十一月九日那个大喜过望的雨夜之后，东柏林人渐渐失望了，因为他们发现墙那边的世界并不是想象中的美好天堂。当年，在韶泽街的边界上，有一栋房子，它的门开在东柏林的一面，而窗开在西柏林的一面。逃亡的人们总是从窗上跳下去，而西柏林，总有人在窗下面等着接应他们。后来，西柏林的人特地在窗下装了一张安全网，使得跳窗的人们不至于发生危险。那以后，在韶泽街跳窗的人，心里都知道下面有一张安全网会接住他们。而这样美好的感情，被统一以后的现实打碎了。一九九〇年两德统一时，那繁花似锦的梦想并没有成为现实，但东柏林人失去了往日禁锢生活中的安

79

静。社会主义的福利制度被取消以后，从前方便职业妇女的众多幼儿园也随之消失了，接着，是失业的人多了，原来人人蓝衣的朴素的社会，现在有了穷人和富人。这时他们才意识到，原来那张墙时代为他们特别做好的安全网，已经没有了。

西柏林的人也在不满，为自己多付出的税不满，也为东柏林人对生活的天真不满："我东边的亲戚来我家，他们看到我们的房子大，我们的汽车新，我们有钱，他们也想要这样的生活。可他们好像不知道我们家的每一件东西，连屋顶上的一片瓦，全都是劳动挣来的，它们不会从天上真的掉下来。他们就知道等着要。"

民主德国建造了柏林墙后，在紧挨柏林墙的一栋二十世纪初的大房子里，西柏林开设了柏林墙博物馆。在这个博物馆里，专门陈列自从柏林墙建立以来，人们是如何拼死越墙而来的故事，特别是一九七一年西柏林人可以自由出入边界，而东柏林人则不得随意进入西柏林的公约实行以后的那些悲伤和决绝的故事，看了让人心惊肉跳。有人把自己吊在过境回西柏林的小汽车底盘上逃到西柏林；有人自己偷偷在树林子里造一个热气球，在半夜里升到天上，把全家安顿在热气球吊着的网篮里飘过墙去；在过境汽车的行李箱被严格检查以后，有人改装了汽车前盖，把发动机移到一边，在边上装一个小箱子，人像在妈妈的子宫里那样蜷缩在箱子里；有人把两个行李箱连在一起，中间打通，让一个人平躺在两个箱子里，放在车的行李架上；有人半夜里在墙两边的房檐上用滑轮和钢丝连起一条索道，把自己的孩子挂在滑轮上推到西柏林那一边去。一楼的展厅里全是这样的故事，二楼的展厅里也全是这样的故事，那些孤注一掷的，惊心动魄的，滑稽可笑的，精明狡猾的，不可思议的逃亡故事在被发现以后打死在墙边上的倒伏的身影边上，显现出了那些故事惨烈的欢喜。

博物馆的楼上，有一个小电影院，里面轮流播放着德文版和英文版的关于墙的历史纪录片，在墙还竖立在弗里德里希大街上的时候，在小电影院里，能看到墙一点一点在一九六一年的八月升起时，站在街角用手掌抹着眼泪的妇女，那粗大的砖头在男人们的手里一点点地升起，像升起的潮水那样割断了已经有一个世纪之长的古老的街道和城市。在墙倒了以后，在小电影院里则能看到一九八九年秋天的晚上，柏林墙在探照灯的白光下，张着大嘴一样的缺口。东柏林那面容淳朴、对铁丝网外面的世界有着无尽美好想象的人们天真的脸从墙的缺口里飞快地流过，就像恐龙在最后的奔逃时那样的迫切和惶惑，还有要到很久以后才能体会到的哀伤和茫然。一个穿着蓝上衣的女子满面泪水地扑过来，手里抓着她的简单的行李，我想，她还是不能相信自己从此可以自由地进出这个查理检查站吧，于是她准备好了，此去再也不回自己的家。

那蓝衣女子现在在哪里呢？如今，两个柏林真的统一了，东柏林的人都用西德的马克买东西，东德时代发行的东马克已经成了收藏品。东柏林的人都用西德的护照出国旅行，东德的护照陈列在查理检查站博物馆的底楼，像一切失效的文件一样散发着僵死的旧气。东德的知识分子开

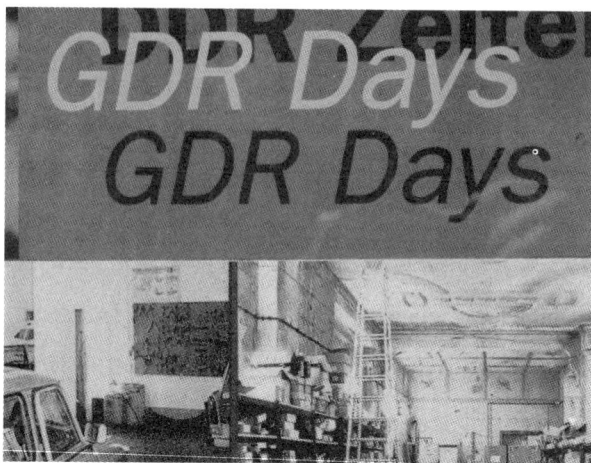

东德博物馆，一种回望

始大批失业，因为西德的意识形态不再需要他们，比如小学里的俄语老师，因为东柏林的孩子，现在像西柏林的孩子一样，从小学开始学习英语而不再是俄语。而这时，东柏林的人回到了自己的街区，而不像从前那样喜欢去西柏林了。或者说，他们讨厌到西柏林去了，像一个蜗牛，被外面的什么东西打了一下以后，它就一点点地缩回到自己原来的壳里面去，而且紧紧地盖上盖子。这时，东柏林的人才体会到，柏林是统一了，但是更像是西柏林把东柏林吃掉了。他们曾经像暗夜里的青蛾那样不顾一切地飞向光亮的地方，然后，才发现他们扑向的，不仅是光，还有火。

如今，要是离开查理检查站博物馆，走过在弗里德里希大街上遗留下来的美军警告牌，一直向前去，就到了东柏林的街区。在原来东柏林中心地带的亚历山大广场，马克思、恩格斯像没有被拆除以前，有人在铜像的底座上写了两条标语，一条是：对不起。另一条是：下次我们会做得更好的。离开广场，走进东柏林的街道，坐在东柏林的咖啡馆里，穿过废弃的红砖的教堂和老橡树覆盖下的小广场，跑进一开间门面的面包房，靠在去维尼塔街方向的红色老旧了的东德地铁车厢里，到处都能闻到一种叫怅然、懊悔和愤懑的东西。得到了以后，东柏林的人才知道原来西柏林的生活并不是他们狂奔时在心里指引自己的那个天堂。那个天堂，原来只是自己的一个在铁丝网下的梦想。那个永远会在查理检查站博物馆播放的纪录片里狂奔的蓝衣女子，她现在在哪里呢？另一个东柏林人说："西边的人把我们吃下去了，可是我们像一根鱼骨头一样，卡在了他们的喉咙里。"

在查理检查站博物馆的底楼出口处，能看到一九八九年十一月初柏林墙倒掉时的许多照片，动荡紧张的人群，蓝衣金发的青年，面容淳朴的姑娘。然后就看到一个青铜的雕像，那是一个年迈的东柏林大提琴家，他有几个朋友当年死在逃亡的晚上，死在墙下面。现在，墙终于打开了，他拿着他的大提琴来到墙角下，开了一个音乐会。他演奏了《安魂曲》，他想要用这样的方式告慰那些当年死在墙下的东柏林人。那是一个让人动心的时刻，有人笑着，也有人流着眼泪，还有人默默地靠在冰冷的墙上，面容严肃。他们一定想到了许多与墙和铁丝网有关的往事吧。

用这个演奏《安魂曲》的老人铜像作为博物馆展品的结束，对查理检查站博物馆来说，是一个圆满的句号，那一

马克思墓地

定是许多人所希望的。可是，看到了它，感受了留在那沉醉在告慰的音乐里的雕像所蕴涵着的一九八九年东柏林的天真美梦，然后走出去，站在那条没有一棵树的弗里德里希街上，看着一个男人领着一个八九岁大的男孩，小心地为那孩子解释竖在大门口的东柏林界碑的意义，那孩子看上去没有太大的兴趣，于是他费力地打着手势。也许要让墙以后的孩子们先知道了关于墙的所有的故事，方能够体会出现在他们的伤心，如同一个曾经为梦想不惜赴汤蹈火的少年终于长大时的那种伤心。查理检查站博物馆里记录的事已经过去了十年之久，一个作家这时说："这个门不是为了通向天堂而开放的，而是为了通向我们为了成熟起来而必须学会对付的现实。"

微黄的昏暗

《嘿， 裘德》

修道院大广场附近一眼望过去全都是古老的房子，拖着箱子过街有时心惊肉跳的，因为箱子下的小轮子在卵石路面上会发出震天动地的响声，好像坦克开过去一般。一九六八年后，坦克在布拉格真不是个好词。

我始终喜欢住在小城区，因为那里街上有种东欧国家日常的古老气氛，因为靠近大学，又有许多年轻的面孔，苗条的身体和波希米亚年轻人以另类浪漫为马首的倔强劲，因此布拉格的小城区有种既自由又古老的气氛，令人非常舒服。

那天下午，阳光灿烂，我路过马耳他骑士团的院子，看见百合花似的圣约翰徽章在骑士团教堂的大铁门上闪闪发光。接着路过大广场，路过一扇顶楼大敞着的窗子，有人正在练习小提琴，路过浓荫中的列侬墙，回家。

在那里住下了，哪怕只住一星期，在我心里，也叫做家。日后说起来，那里也有我的床。

我住在一栋老房子顶楼的一套公寓里，旅馆将老房子本来很大的公寓分割小了，租给客人住。老房子的门又是那种厚重高大的木头门，得将全身都靠上去才能推开它。和当年住在翡冷翠民族大街上的那个旅馆时一样。

小城街道上的广告贴，峥嵘岁月的博物馆

说起来，我比年轻时代有钱了，但仍旧喜欢住在民居里。我想自己始终是喜欢那种在别人家日常生活中感受自己既贴切又疏离的气氛，就是那种一滴花生油漂浮在热汤表面的样子。要是我住在那样的房子里，就喜欢白天仍旧待在房间里。

阳光灿烂的午后，周围静悄悄的。楼梯间里荡漾着一股热乎乎的咖啡气味，我想是哪个午后昏昏欲睡的人煮的吧。

公共天台就在我房间外面，有人在花盆里种了不少玫瑰，突然就让我想起一张一九六八年拍摄于布拉格大街上的照片，奋不顾身的布拉格姑娘将一朵玫瑰插进苏联兵的枪筒里。苏联入侵布拉格，捷克人愤怒得只能向他们的坦克扔手绢，在波希米亚，这是古老的决斗战书。不过没人理会那些扔在坦克前面的手绢。

阳光灿烂，玫瑰花散发二○○九年最后的芬芳。布拉格这个城市给我非常奇异的感受，浪漫而爽朗，百折不挠的倔强和紧紧相随的厄运，这一切对我来说，有种从根里出来的熟悉。

谁家在听一个女声唱的《嘿，裘德》，比起英国的披头士，这个声音更结实。那是一个叫玛尔塔的女歌手唱的，年轻时代的她，长着倔强而性感的嘴唇，她总是紧紧抿着它们。老年时代再见她，她再唱起捷克版的《嘿，裘德》，就是这样长驱直入的声音。

直到今日，布拉格还是处处能听到翻唱的《嘿，裘德》，"愿上帝惩罚我，我没有如你这样引吭高歌的勇气。"

布拉格瓦茨拉夫广场上的长明灯

在卡夫卡出生的房子旁边，一个古老的巴洛克教堂里，在音乐会上有人用大提琴和小提琴演奏它的曲调，瓦茨拉夫广场上的星巴克咖啡馆里，在人声鼎沸的晚上播放着它，还有现在，在天台楼下的一户人家的客厅里，也许正是那个昏昏欲睡的煮咖啡的人将唱片放在转盘上的。在一个晴朗的秋天午后，他心中突然怀想起了许多往事。

当年整个捷克禁售这支歌的唱片。玛尔塔只能去工厂糊纸口袋为生。现在一切都过去了。

我站在玫瑰花旁边，一直把这支歌听完。"人生美丽，人生也残酷，人生玩弄我们，但不要悲伤。"阳光晒烫了我的脖子和头发。

我的窗子高高在上，能看到古老的街道和房屋，红色的瓦顶，黄色的外墙，影影绰绰，是骑士团医学院院落里高大的树木，以及那面画满各种与披头士有关的符号、肖像的高墙。有人写着爱与和平，有人写着世界美丽，有人抄写了保罗和列侬写的歌词，有人将自己的爱情宣言写在上面。那些美丽的人形和浓烈的颜色，在树叶中闪烁的阳光里闪现，那是一种强烈的自由感，以及青春热血奔涌的感觉，好像要流鼻血。

我房间被装饰得非常现代，极简，一屋子灰色、黑色和白色，浴室里的龙头全是方的。要不是打开门走进来，绝想不到这是巴洛克时代的房子，也绝想不到室内没有一件与捷克风格相关的家具，就是那种六十年代的清水腊克的木家具，向外倾斜的直木，椅子上包着深红的人造革。在七十年代它曾辗转成为上海的时髦。它曾像向诺亚方舟飞回去的鸽子一样，向禁锢之地传达了春的消息。

也许我为自己无法在布拉格使用那样的捷克家具失望吧，于是我喜欢直接坐在窗台上。

哗哗的水声来自围绕着修道院广场的一条小溪，叫小鬼之溪，汩汩的水声之上，是年轻人挂了好多爱情锁的同心桥，大家都把钥匙直接丢到小鬼之溪里去，这样能保卫自己的爱情吗？在我看来，在天真和执念中，简直有了哀伤。

那小溪流的声音到夜深会变得很响，就像小鬼在放声高歌，充满兴高采烈的恶意。

有个人好像测量街道的一样，一五一十，耐心十足地将那堵五彩斑斓的墙拍摄下来，有个人哗啦啦地扫着街上

93

的落叶，有个人在花园的大树下脱得赤条条的，抓紧时间晒太阳。他一定不知道有人在某扇窗后看着他，他爬起来，到小藤条桌上放着的老式唱机前去换唱片，一张黑胶唱片。不晓得他是否也在听《嘿，裘德》。布拉格是我见到过的最爱披头士的城市，甚至比利物浦更爱，爱得没道理，却那么一见钟情，永志不忘。

人生玩弄我们，但不要悲伤。

颓败但直指人心的美

自助旅行的确有许多好处，常常在晚上，坐在一个小餐馆里等晚饭的时候，拿出地图看着看着，就决定了明天要到哪里去，第二天，到旅馆柜台上退了钥匙，拿了护照，就能走了。那才是真正的随心所欲。到波兰中部高地的卢布林去，就是这样决定的。

在地图上，先看到了标着卢布林的小圆点，然后，我所工作的杂志社的小书库浮现出来，在此以前，我没有真正想起过它。

因为潮湿而让人感觉有些沉重的灰尘气味。

从隔壁摄影暗房的门缝里散发出来的显影液的酸气。

江南朝北屋子，终年没有阳光的阴凉的空气。

高大笨拙的木头书架中间只能容一个人侧身经过。整架整架国外新出版的英文书和日文书，在八十年代的上海，是和进口的速溶咖啡一样让人珍藏的东西。侧着身体向它们走过去的时候，我记起来自己的心跳得响极了，我觉得自己像一个小偷。其实，成为儿童杂志的翻译作品编辑后，到书库里找合适的原著，是我的工作。

《卢布林的魔术师》就是那时候读的。书库里很安静，关着门，只听到路过门边的同事的鞋跟发出的声音。那些年，中国制造的皮鞋是硬牛皮的，声音沉闷。那是本灰面子的精装本，辛格写的他的童年故事，有种我熟悉的孩子的忧伤的追忆。那时候我想过，有一天，也要写自己已经烟消云散了的童年故事，像他写卢布林的犹太人故事一样。

这时，我的晚餐到了。当侍者的是个暑假找工的学生，挣了钱也打算去旅行的。他摇着头说卢布林不是旅游点，不如去马林堡看宗教战争时的首都。

可是我还是要去卢布林。

火车掠过夏天的田野和小村子，老式的波兰火车，红棕色的车厢靠椅被蜜色的夕辉照出了磨损的白色，小镇的绿色树梢上有天主堂钟楼的尖顶。这里是罗马教皇的家乡，长满了摇摇欲坠的黄色浆果的大树下，能看到穿着红棕色长袍的神父骑着脚踏车经过，两条棕色的腰带从他的身上扬起。这也是辛格长大的地方，当他是个大鼻子的犹太孩子时，大概没有人想到将来他没有继承他爸爸成为拉比，而成了一个伟大的作家，把永远消失在屠杀中的卢布林犹太老城生活，通过一个孩子的故事永远地留了下来。

吱吱作响的卢布林公共汽车领着我经过一些街道。陈旧的老房子，窗上在夏天垂着白色的窗幔，开花的大树使窄小的古老街道充满了芳香。公共汽车里几乎没有人，一到转弯的时候，车厢便发出空旷的吱扭声。我遇到的人都不会说英文，这里也没有旅游者中心，当离开了中心火车站区，渐渐在街上看不到行人了。

路灯把我背着的蓝色帆布背囊的影子拉得长长的，投在地上。硌石的地上散落着树上烂熟而落的浆果，摔烂的果子在被阳光晒透了的石头上焙着，香得人头晕。圆拱门后面是弯曲下行的窄街，渐渐地低下去，被路灯照亮着。辛格书里那些拥挤的街道现在已经没有了，如今空无一人的街道上荡漾着浆果破罐子破摔的香气，那是因为不再有犹太孩子在倒了脏水的街道上飞跑了。许多年过去了，我已经记不清楚辛格的那些故事情节。要是我没在等我的炸鸡块时看了地图，我想也许不会想起卢布林来，也不会想起《卢布林的魔术师》。

那时，我坐在书库唯一的椅子上读书，那是一把图书管理员当梯子用的旧椅子，他不喜欢编辑在书库里留连太久，他知道那些外文书的价值。可我总是喜欢独自留在里面，因此在我进书库时，总把钥匙随手带进去，将门在里面反锁。在窄小和安静的书架缝隙里，一个人与书独处，很容易就从膝上的书自由地飞向心灵的世界。是在那时候，我想要开始写作的辛格的故事，让我想起了我家的气味、我小时候夏天满是疤痕的膝盖、医院急诊室的来苏水的气味。我的童年开始呈现出它不附着在弗洛伊德和皮亚杰的厚书里面的生动意义，被烈焰照亮的街道和妈妈的脸，童年时代多云的蓝天下，自杀者的白色细帆布凉鞋，孩提时代的记忆向我蜂拥，带着天长日久的浮尘的气息。

然后，我开始了写作。

那是从青春文学开始的，一些反抗的、不甜腻的，甚至不开朗的女孩子故事。那样的故事曾大受欢迎。可我放弃了它。

在卢布林无人的街道上，背着行李，拖着自己长长的影子，我找我的旅馆。

到了旅行书上介绍的旅馆前，那是栋白色的石头墙房子，房顶上有排火焰般的顶饰，让我想起了中东，可我并不知道这究竟是不是犹太风格。门厅里面亮着灯，灯下的小几上供着一小盆干燥的小花球，十足的波兰风格。可是看不到人，也没有门铃。我拍打着门，门上的玻璃咯咯作响，可还是没有人应门。

圆拱门外的寂静街道回响着咯咯的玻璃摇动声。

我在这建筑的另一侧找到了入口，长长的甬道，红色窄地毯，散发陈久的霉气，墙上空无一物。水晶吊灯在高高的天花板下微微摇晃，上面有灯泡没亮。

长长的甬道的尽头，是一条长长的楼梯，通向二楼。

一个女子坐在二楼的柜台后，她的头发是那种蓬松而干枯的红色，像是年代久远的假发。

她看了看我的护照，在一本大白本子上登记下我的名字和护照号码，但接下来写"日本护照"。

"我是中国人。"

"你是日本人。"她倒过来纠正我说。她的脸像是在梦里看到的人脸，有点莫以名状的变形，也是一样的没有表情。

"好吧，也可以。"我说。

我沿着红色的地毯走上楼去，拿着她给我的那把有我大半个手掌长的生铁钥匙，离开了她，就再也没看到这房子里有第二个人。地毯和墙壁都散发陈久的霉气，潮湿的、积尘的、味道复杂的，它们吸去了我的声音，于是我的耳朵里什么也听不见。

我的房间很窄长高大，窗子又高又窄，屋角的龙头里响亮地滴着水，吧嗒吧嗒地拍碎在空空的水池里。这里像一口井，无所不在的红色地毯，散发着无所不在的潮湿发霉的气味，好像这房子已经很久不住人了。

我退回到走廊里，走廊里一丝声音也没有，所有的门都紧闭着。

我再回到房间里，去打开窗，窗子推开了外面的树枝，我听到了枝条上烂熟的果子纷纷坠地的声音，它们一定都摔烂了。街上冉冉升起了令人头晕的香气。街上也没有一个人。我窗子上的灯光像白色的刀子一样划开夜色。窗下是一个陌生的小广场，被大树环绕着。我认出了一个咖啡馆，它的门外摆着白色的桌椅。卢布林的魔术师在这个广场上表演魔术吗？似睡非睡地在床上折腾了整整一夜，床垫子里的弹簧常常兀自弹一下，发出铮的一声闷响。在黎明的阳光里，我才发现，我的窗子面对着的是一个失修了的犹太教会堂，后面还有一小块青草萋萋的墓地，石碑上刻着犹太教的六角星。

辛格大概是看到过现在的卢布林，才写《卢布林的魔术师》的吧。肮脏嘈杂但生生不息的犹太老城不一定是可爱的，可到了阳光兀自照耀在人去楼空的地方，过去的日子就成了带着抱歉的敏感的回忆。一个小孩子的个人的童年，因为与大时代的巧遇而充满了意义。灵感带着哀而不伤的感动紧紧抵住喉咙，没有什么比一个人有机会以成熟了的心重归自己童年时代的视角看世界更让自己感慨的了。

只是这样的书真正感动的，是有同样经历的人，而这样的人并不多，就是辛格，他最著名的书也不是《卢布林的魔术师》。

淋浴的水声大得吓人，我把身边的窗子敞开，看外面的墓地。清澄的阳光照亮了草叶，还有那些扇子一样撒开的一束束石头墓碑，那可真是局促的哀痛的墓地啊。我并不担心在什么地方会有人看到我洗澡的样子，我听到水的声音像小石头一样击到外面的建筑上，又弹落在荒凉的碴石广场上。

我童年时代一直喜欢后院，喜欢背静的草地被阳光照耀的情景，喜欢局促而哀痛的角落里深埋着的单纯。那就是辛格的气息吧。到卢布林去的前一年，我已经写完了我想要写的一个人的童年。写完那本书的下午，天气已经不那么热了。那时我住的房子，浴缸小得躺不平，只能像马拉一样靠着。窗子高高的，只看见一小块不蓝的晴空。我意识到自己终于开始接近那些徘徊于心的故事，那些不天真也不甜蜜、不温馨的童年故事，那是一个孩子与他凑巧遇上的大时代的故事，血与火在单纯的眼睛前隆隆滚过。浴缸水面上的浴泡在微风下沙沙地破了，我为描摹自己心中的童年故事而流了泪。我想起了许多事，只是，竟然没有想到很久以前，我读过《卢布林的魔术师》的那个书库。

我看见大树下那些黄色的浆果和它们流出的汁水，那些因为摔烂而芬芳之至的果子，有种很是颓败但直指人心的美，就像我很久以前的童年。

街头荒废的旧栅栏

卢布林街道上的老房子

俄罗斯的糖霜

上海，襄阳路长乐路的十字路口有一座蓝顶的东正教堂，那是一九三七年时，当时年轻的约翰神父从俄罗斯来到上海主持的。当时约翰神父的家就安在教堂旁边的神父住宅里。那是一座从革命后的俄罗斯辗转流亡到上海的白俄侨民合力修建的教堂，据说教堂里面画满了忧郁神秘的神像，教堂里没有座位，人们进到里面，都站着。那里的白衣耶稣长着温柔的大眼睛，红衣圣母像画在教堂外面的墙上，面对一个小公园。

后来，住在新乐路附近的五千东正教徒决定前往旧金山，约翰神父在盖瑞大街上找到一块地，他们决定要在那里建造另一个东正教堂。一九五六年后，他们陆续到达旧金山。

有趣的是，在上海，我的家离襄阳路只隔着两条马路。而在旧金山，我住的地方离盖瑞大街也只隔了两条马路。

旧金山也和上海一样，秋天的黄昏来得很快。当我看见盖瑞大街上的教堂时，它的金顶在暮色中仍旧闪烁光芒。见到它，才知道原来襄阳路圣母大堂的蓝顶上，要是还有金色十字架的话，也会显得高，显得苗条。教堂关门了，不过教堂对街的咖啡馆开着门，我走进去问教堂的事，咖啡馆里的人三三两两转过脸来，告诉我要早上去，早上有弥撒，八点。坐在大沙发上的一个大胖子缓慢地转过身来问："有什么事吗?"他是现在的神父，俄罗斯移民，当年跟着父母前往英国，做了神父后，教会派他来到旧金山。

我说自己从上海来，自己的家就住在当年的东正教堂附近，那个蓝顶的教堂。自己小时候在小公园里滑滑梯，站在滑滑梯的架子上，总能看到在高高的梧桐树梢上，教堂蔚蓝色的圆顶和圆顶正中的一个黄色的小圆点。在我单调的童年情形中，它几乎是最美丽的风景。

大胖子"哦"了一声，咖啡馆里的人都"哦"了一声："上海！是的，我们从前的教堂就在上海的亨利路上。"

原来圆顶上的蓝色，是东正教堂里圣母大堂的颜色。

"蓝色还在。"一个中年女人温柔地笑了，她出生在旧金山，但她是在母亲腹中从上海来的，所以她自己仍旧认为自己是属于上海的。

一个头发雪白的老人用上海话说了两个路名，亨利路现在已经没有了，现在这条路叫新乐路。杜美路现在也没了，现在那条路叫东湖路。从前的杜美花园现在没有了，现在叫襄阳公园。这个老人叫迈克，但说着一口老式俄文，他是当年辅佐约翰神父的文神父的小儿子，离开上海时方才是个二十一岁的青年。

有人提到菲尔道特神父当年画在墙上的那幅圣母像，人人都怀念那幅圣母像。我七岁时在襄阳路见到蓝顶的圣母教堂时，外墙上已经是洁白的了。我抱歉地望着他们，但人们却没表现出太大的失望，他们只是点点头，是啊，它不可能还在原处的。我后来得以走进教堂的时候，那里改为仓库，四下的墙也全都是白色的了。

神父告诉我，明早上八点到教堂来，能见到当年从上海来的驻堂神父，他的太太一家也是从上海来的，还能看到约翰神父的遗体，他现在是东正教的圣人，名号是上海和旧金山的圣约翰。当然还能看到上海教堂荡然无存的那些神像，菲尔道特神父上半生的作品。菲尔道特神父来到旧金山后，用他的余生二十年，独自完成了盖瑞大街教堂里的圣画，与当年在襄阳路上的那些一模一样。然后，他去世了。

我说好。

旧金山的早上大雾，走去教堂的路上，好像走在我小时候的路上，我路过了一间早早就开门了的俄式面包房，橄榄形的列巴散发着热烘烘的麦香。它让我想起我小时候路过哈尔滨食品厂面前的气味。然后我路过一间俄罗斯旧货店，从橱窗里能看到玻璃架子上陈列着发黑的银器，白底蓝花的陶瓷茶炊。这间店关着门，我不知道，我的朋友是不是就在这间店里遇到过一个大鼻子老头子，说了一口老式上海话。旧金山的盖瑞大街曾是俄国移民的街区，和上海的新乐路东湖路一带一样。

推开教堂沉重的大门，里面的圣歌和香油的气味扑面而来。

原来教堂里所有的墙壁都被各种圣像画满了，好像走进了一个温暖幽暗的子宫。

神父太太戴着一顶黑色圆帽，她等着我。"你就是那个从上海来的女士。"她向我微笑。她引我去放在教堂一侧的水晶棺木前看望约翰神父。

他像传说中的一样矮小。甚至更矮小了。

他面前的那块玻璃上沾满了女人们的唇印，人们在他旁边的烛台上点燃一根蜡烛，然后就过来向他喃喃私语，然后在他面前的玻璃上亲吻一下，将自己的吻痕用手掌擦去，才离开。

我想起小时候经过他寂静无声的住宅时，小伙伴有时似乎听到室内有什么动静，大家便惊呼一声，四下逃散。他的住宅里仿佛有种非常神秘的气氛，令一个在二十世纪六七十年代度过童年的中国小孩感到害怕。

今天，在静静舔着幽暗的烛光里，我见到了他本人。

我没见到菲尔道特神父，但他的画铺天盖地将我围拢着，它们在幽暗中闪闪发光，忧郁的红衣圣母，忧郁的白衣耶稣，忧郁的圣人们，那些我在襄阳路上未能见到的画，原来都在这里等着我。生活有时就是如此奇妙，我七岁时看到的那些白墙，让我深深记得的白墙，在我五十岁的时候，会在世界的另一个角落里完美再现于我面前。

人们向我手里紧紧攥着的照相机微笑点头，"是的，教堂里不要照相。但是你是从上海专门来看望我们，你是例外的。你好好照相，好好看看你小时候不曾看到过的，我们的教堂。"

神父正在为一位也是从上海来的教徒念经，他高龄，去世，安息在盖瑞大街的墓地里。神父一头雪白的头发在幽暗的教堂里浮动，他就是那个一九三七年跟着父母辗转

微黄的昏暗 ◆ 俄罗斯的糖霜

新疆和敦煌，才来到上海安顿下来的白俄少年吗？

迈克引我到教堂正面的红衣圣母像前："你一定要照这个圣母，她就是当年菲尔道特神父画在面对杜美公园的墙上的那幅圣像啊。"

滑滑梯高高的架子上所见到的情形从心中浮现出来，好像一只在水中睡着的天鹅一样飘飘荡荡，不可思议的，那是白色的墙，蓝色圆顶，没有十字架，所以显得比较矮和肥大。蔚蓝的圆顶，在一九六六年的上海是如此不同。

我心中只是惊异与恍惚。

离开教堂后，我走进对街的咖啡馆里，我需要坐一会，喝杯热茶。心中仍旧惊异与恍惚不已，我这是从童年时代那总是紧闭着的大门里走出来的？我终究不敢为圣人约翰拍一张照片，这是因为小时候的怕又活蹦鲜跳地浮上心头了吗？

咖啡馆里大多数是从教堂做完早弥撒的人。

大胖子神父也来了，正在吃一碟洒满糖霜的点心。

那点心叫"俄罗斯茶点"。

我也点了这个点心。这大概就像在唐人街吃一客馄饨吧。

原来它好甜，配上不放糖的咖啡正好。

透过咖啡馆的玻璃，望着教堂，我认出盖瑞大街上的教堂墙上站着菲尔道特神父画的圣人们。襄阳路上的教堂则是雪白的一片。不知菲尔道特神父年轻时代在那里画的圣人像，是被石灰覆盖了呢，还是已被完全铲除。

这间咖啡馆的杯子有意思，当你将咖啡喝掉，便能看到一朵菲尔道特神父笔法的玫瑰花渐渐在边沿处显露出来。

这个咖啡馆气氛怡人，但经过了教堂，它便成为一个意味深长的抚慰。坐在秋天阴霾的早上显得格外温暖的店堂里，我想起了自己青少年时代一次次与襄阳路上那个蓝顶教堂的合影。就像这块俄罗斯茶点一样，它怎么也想不到会在美国出售，会让一个中国人的舌头舔着它，浮想联翩。

微黄的昏暗 ◆ 俄罗斯的糖霜

俄德翻译者

那天晚上，在多瑙河畔的瓦豪参加"翻译者与被翻译者之间的对话"的人回到了维也纳，意犹未尽，所以大家决定要去哈维卡咖啡馆接着说话。在哈维卡咖啡馆一直玩到深夜，等咖啡馆最后一炉李子蛋糕出炉，乘热吃完，大家才散。那天深夜下了小雨，皇宫后面的广场上，石板在雨水里倒映着灯光，好像处处都是小水洼。走到黑死病纪念碑前，大家觉得即使在深夜，也要拍一张合影，纪念我们这天涯海角的相逢，却也在一起度过一个兴高采烈的晚上。

这时，正好有个男人路过我们，大家便七嘴八舌招呼他来帮忙照相。

他是个好奇的人，一边从镜头里打量我们，一边问我们大家的来路。

有趣的是，那些使用各种语言翻译文学或者电影的维也纳人，异口同声对他说，自己是西班牙人、美国人、中国人、匈牙利人。而我则说，自己是德国人，因为在这次会议上，我朗读的作品，是翻译成德文的小说。那人显然不相信，干脆不照相了，只管笑嘻嘻地看着我们，满脸的表情就是："你们就吹牛吧。"

大家为了证明自己所说无误，便开始说各种语言给他听。

在夜色下，我看见大家的面色由于不同的语言而改变，它们不再是寻常奥地利人的脸，它们散发出一种异乡梦幻般的气氛。此时，柯劳迪亚说出了一句俄语，优美的语调，好像一句韵文。因为她的语调如此抒情，吸引我望向她，在黑死病纪念碑那巴洛克式扭曲上升的柱子浓黑的阴影前，她双目微微倾斜，散发着深长的感伤、温柔和宽容，那是典型的俄罗斯文学气韵。接下来的片刻，普希金的诗歌，柴可夫斯基的音乐，契诃夫那些结构抒情的小说，俄罗斯芭蕾伫立于悲剧中的白色足尖，以及钢琴家在黑白琴键上翻飞的手指，甚至大学时代俄罗斯文学教授在课堂上用俄文朗读诗歌时的声音，一个语调中优美的下滑音，都一齐向我奔涌过来。

在哈维卡，她把一只印着哈维卡咖啡馆标识的装浓咖啡的小杯子擦干净了，塞到我手里，说："拿着，丹妮亚，一个纪念。"她给我起了个俄罗斯名字，因为大家实在难记"丹燕"。

"喜欢吗？"那时桌上的人纷纷问我。

"喜欢，让我想起俄罗斯小说里的女人。"我顺带说了五十年代的中国，俄罗斯的文学艺术是如何影响了整个中国的世界观。那时候，俄罗斯小说中对"亚麻色头发"的描写，就意味着整个中国之外的世界。

"我来证明她的俄罗斯身份。"我向那个萍水相逢的男人保证，我甚至摸出大衣口袋里那只哈维卡的小咖啡杯子，

"你能想象循规蹈矩的维也纳人敢从哈维卡偷出一只咖啡杯子吗？"

"当然只有感情至上的俄罗斯人才这么做。"柯劳迪亚说。

哄然大笑的声音回荡在深夜湿漉漉的皇宫广场上，我和柯劳迪亚就这样成了朋友。

在一个周末，我从施坦到维也纳，就住到了柯劳迪亚家里。

柯劳迪亚做南瓜汤款待我，还有当季的苹果派。

暮色金灿灿的，西向的厨房里洒满阳光。冰箱上的小录音机里播放着非常轻快的重唱，柯劳迪亚说那是一九九七年风靡俄罗斯的流行歌曲，是一对莫斯科年轻夫妇唱的歌。那种轻快里有着掩埋了的叹息，让人想起好容易从隆冬里挣扎出来的俄罗斯的夏天，一切都恣意生长，款待曾被冰雪深埋的自己。

"解冻。"我说。

"是啊，有种《小苹果》般欢快的节奏。"柯劳迪亚点点头，"你喜欢吗？真喜欢吗？让我们来复制一盘给你带回家去。"

她的那种热情也是俄罗斯式的，没有维也纳人那种优雅和脆弱。她说俄文时，有种舌尖处在歌咏般的位置发出的柔和声音，好像俄国作家们常常形容的女性发出的"美妙柔和的胸音"。

柯劳迪亚是俄罗斯文学的翻译者，她每个夏天都到俄罗斯去住一个多月，在那里花完自己所有的假期和积蓄。

她觉得自己根本就是俄罗斯人，至少上辈子是俄罗斯人。但最初她见到的第一个俄罗斯人，是她故乡的街道上，二战以后竖立了一尊苏联士兵像。与德国一样，作为战败国的奥地利，她的故乡曾是苏联托管区。她听到的第一个与俄罗斯有关的故事，是母亲和她的姐妹们彼此提醒要警惕那些喜欢强奸的苏联兵。

"但我却觉得自己是个俄罗斯人，"柯劳迪亚说，"对俄罗斯的一切，我都有种骨子里的亲近感。我的生活似乎是在那些俄文小说里。你知道一个人有生物学上的故乡和血缘，还有精神上的。"

柯劳迪亚那微微倾斜的杏仁形的眼睛，让我想起旧俄油画中的那些俄罗斯少女。

在讨论翻译和翻译者的关系时，柯劳迪亚曾经说过，对她来说，是翻译者个人内在的某些因缘促使她成为一个翻译者，还是翻译的过程中语言与故事渐渐重新塑造了翻译者的文学性格，这是一个生活方式的问题，而非学术问题。

即使是在反俄的时代长大的奥地利小女孩，造化也会显示它自有的逻辑力量。

厨房里回荡的俄文歌曲，那斯拉夫式的，轻快与飞扬的耳语，悠远的重唱，让人想起契诃夫戏剧里的农奴们在田野中的合唱。"那是在红场附近的剧院里一直上演的戏剧，直到今天。"柯劳迪亚说。她与我不得不说英文，但她的英文里带有俄文口音，而非德文口音。

在柯劳迪亚的厨房里喝她做的奶油南瓜汤，让我想起少年时代与闺中好朋友，当年在我家阳台上拉着手风琴，学唱格鲁吉亚民歌的往事。"为了寻找爱人的坟墓，天涯海角我都走遍，但我只有伤心地哭泣，我亲爱的你在哪里？"那时我们都还是从未经历过爱情的处女，被那俄罗斯式的忧伤深深淹没。当年我家住在终日被茂密的法国梧桐层层掩盖的底楼，在昏昏欲睡的夏季中午，长出青苔的阳台里，充满了青黄色的光线，还有满满的俄罗斯式的抒情。柯劳迪亚的厨房里，也有满满一屋俄罗斯式的抒情，这种飞地般的感受，那种此身甘于众人违的骄傲的孤独感，真是久违了呀。

一种生来便喜欢异乡，心为异客的人，总会在茫茫人海中相遇，在苍茫世界中建立一个个微小却永在的飞地。

"我这么爱你的厨房，柯劳迪亚，"我由衷地说，"你知道原因。"

"是啊，我知道。"柯劳迪亚甜蜜地笑了，以俄罗斯小说里描写过的方式。

桃红色

在皇后大学做讲座的那天晚上，有个学生问我，一个中国人来到贝尔法斯特，会有怎样的感受。我还来不及想，一句话便冲口而出："我由衷地喜爱。好像回到了六十年代末的上海，我动荡的童年时代。这里空气中有种动荡而哀伤的浪漫气氛，就像我童年时对'文化大革命'岁月直观的感受。"有时我会这样，我的想法直接从脑子就滚到舌头上，在听到自己说话的声音时，心里一边惊奇地想，这样想法似乎有意思，却也不肯定。

"'文化大革命'你们知道吗?"我问。

"也许不是很清楚，但可以体会。"有人在暗处轻轻说，带有凯尔特口音的英文真是温暖。

那街尾烧书熊熊的火光，那空气中火热的不安和悲剧的预兆，一种晴空中雷声翻滚的荒诞感。

这时我眼睛的余光看到西奈特转头看了我一眼。她是作家火车之旅时，与我十几天日日相处的伙伴，在贝尔法斯特出生并长大的天主教女诗人。

讲座结束，一伙人披着星光去爱尔兰酒馆喝酒，听唱歌。喧哗声中，西奈特拿着杯正牌的黑啤酒对我大声吼着邀请说："我带你去看我爷爷。"

西奈特的爷爷是爱尔兰共产党最老的党员，也是和平时代的爱尔兰共和军的老战士。

这样，我和西奈特就去贝尔法斯特郊外的一个叫埃里尔的小村子去拜访爷爷。

西奈特那辆手动挡的小捷达车，白色的，带着一股她家狗身上的气味，不知为什么，总让我想起昆德拉小说里特里莎的那辆车。公路的一边，是因为总是下雨，而绿得要命的山坡，公路另一边是灰绿色，好像一块大玻璃般的大海。大海那种易碎又坚硬的感觉，是一种久违了的不安。似乎什么又大又恶的事情就要发生般的不安，从我记忆中冉冉升起来，那就是'文化大革命'时代我的童年心中常常彷徨难去的感受。如今在贝尔法斯特重温，真是难言的熟悉，其中还有一种复杂的诗意，我没想到的是，多年来在心中沉淀下去的不安与苦楚，在皇后大学的教室里竟然酝酿出了一股淡淡的诗意。

"我没想到你昨晚会那样回答学生的问题，"西奈特轻轻说，"我很感动。"

我也不曾知道，那种强烈的不安与拒绝，终究化为一种诗意了。

"这也是我成为诗人的原因。"西奈特说。

贝尔法斯特的风云岁月里，她父亲是在小酒馆里热烈讨论独立问题的年轻学生，她母亲是来到贝尔法斯特夏季旅行的英格兰学生，在酒馆里认识了她父亲，被他吸引，于是留下来，一边喝着酒，一边听着无穷无尽的政治讨论，一边就结婚生子。西奈特小时候就是个跟着父母，在那些

114

大门紧锁，里面烟雾缭绕的天主教街区酒馆里长大的孩子。好像诗人这么长大也是合情合理的。我小时候是个严重口吃的小孩，"反革命"家庭中最小的孩子，我的爷爷只知道他的儿子为革命成功落下一身病，生死未卜十五年，他不能接受儿子一夜之间变成"反革命"，忧愤致死。我在死寂的家庭里长大。似乎一个小说家这样长大，也是合情合理的。

"那么你懂得那种奇怪的亲切感。"我说。

"这里大家都懂得。"西奈特说。

爷爷家住在乡下那种袖珍的小木房子里，窗上挂着手工勾的白线窗幔，木窗木门，漆着桃红油漆，好像古老的玩具店里那种袖珍玩具房屋模型。

爷爷坐在铺着老式花纹桌布的桌边等我们，下午茶也摆好了，鸡肉蘑菇比萨，杏子派，红茶。

"牛奶?"爷爷招呼我，颤颤巍巍地举起奶壶。他们那一代男人，一直都维护着对女人照顾和温柔的礼貌，就像我爸爸，只要自己能站起来，就会在请客吃饭时给女宾拉开椅子。

不知怎么说起来，我也会唱一些古老的爱尔兰歌曲，《绿袖子》、《丹尼男孩》、《夏日最后一朵玫瑰》，但是总也弄不清楚，这些带有动人的凯尔特曲调的歌曲，是英国的，还是爱尔兰的。几十年前，爱尔兰当足了八百年英格兰的殖民地，贝尔法斯特至今还有条叫和平线的高墙，隔离开爱尔兰人和英格兰人的街区。

我们在冒着热气的茶杯前一起唱起了《丹尼男孩》，

微黄的昏暗 ◆ 桃红色

"那笛子声好似在召唤，丹尼男孩。夏天已经过去，花儿在凋谢干枯。"爷爷唱得和我们不一样，我和西奈特好像唱情歌那样温柔，爷爷却唱得响亮、放任，像我爸爸一样走调。

爷爷从前是个穷苦人家的孩子，很早就自己谋生，就在造"泰坦尼克"号的那个船厂里当童工。他在那里参加了爱尔兰共和军，于是被英格兰人抓去坐监牢。监狱设在一条停泊在大海中央的旧船上。爷爷在监狱不以为苦，他说那是他的大学，他在那里认识了爱尔兰共产党的人，他们教会他认字，读书，学习法律。他在那里见识了爱尔兰海的壮丽。离开船上的监狱时，他已是爱尔兰共产党员，直到苏联解体。

"我爸爸说，现在是世界革命的低潮时期。"我对爷爷说。

他深深地点头称是。

"哪里有穷人，有不平等，哪里就会有真正的共产党员。"爷爷说。

如果我将爷爷带有强烈凯尔特口音的英文翻译成中文，和我父亲说过的真正是一字不差。

我和西奈特说也许他们两个老牌共产党员应该见一面，但他们都已经太老了，不能坐那么长时间穿过欧亚大陆的飞机。

"也许可以选一个中间地点见面，比如莫斯科。"我说。

爷爷不懂中文，可会说少量俄文。我爸爸可以说些老式的英文，还有俄文，也都是他自学的，为了革命的需要，还有日文和波兰文。他们要是能够在一起讨论对世界的看法，应该就是知音。

爷爷把充满皱纹的手按在前胸。"你的爸爸一定有过非凡的经历，我向他致敬。"

我相信爸爸要是听到这些话，一定深为自豪。

但他们不能见面，真的可惜。

贝尔法斯特和平线两边的墙画，动荡岁月的遗痕

爷爷站起来，带我去看一间房间，那间房间小小的，靠墙放着一张古老的单人床，比现今的单人床窄小些，床上铺着干干净净的黄条子被套和方方的鹅毛枕头，还有一张白漆斑驳的写字桌。椭圆的像框里严肃的男孩，是西奈特的爸爸，那个在家里厨房制作土燃烧弹的街头少年。后来他像乔伊斯小说里那个淋了雨便肺炎去世的高尔维少年一样，在很年轻时，便因为肺炎去世了。但他的房间一直

117

保留着，要是西奈特回来，也住在这里。书架上放着版本古老的书，有几本非常眼熟，那是当年苏联向各国共产党赠送的列宁选集和斯大林传记，在我家书架上的，是它的中文版。

爷爷说："天涯海角你总也不要忘记，这里有你一间屋。你再来，就住在这里。"

那是我在贝尔法斯特那灰绿色大海边的一间屋，一间属于我的房间，桃红色的门和窗，窄小的单人床。

口琴

那是一家小咖啡馆，在普希金广场附近。它开在一栋大房子的半地下室里，门上什么标记也没有，是在阴雪的下午，我前面的一个穿了黑色夹克的男人匆匆走过被雪水打成黑色的接骨木树下，他微微摇晃着身体，托尔斯泰曾经描写过俄国人这样的走路方式，那是因为总在雪上走路的习惯。他走得很快，可是感觉上并不紧张。他在一扇落了些灰的门前停下，然后一推门，进去了。那时我看到里面亮着灯，有一些圆桌，还有披头士的歌声传来，我赶紧追上去，等我进了门，我的下半身已经冻得不灵活了，室内总算有一点甜香的咖啡气味，我心里松下来：要是没有碰巧跟在这个男人后面，我永远也不会找到一家本地人去的咖啡馆。

我要了一杯咖啡，找到一张桌子，桌子很干净，很旧，靠在窗边，常常可以看到外面有一双穿了靴子的脚走过。可咖啡不好，只是咖啡色的透明的水，因为兑了太多水。更不要说那种俄罗斯传统的加了伏特加的咖啡了。桌子上没有糖罐，在有缺口的玻璃杯里插了一些裁得巴掌大的白纸，我想那是代替餐纸的，只是像新闻纸一样的硬而光滑，用它擦嘴，会不舒服。

天就要下雪，阴冷得像在雪柜里，经过我窗前的那些靴子大多数匆匆而过。在寒冷而动荡的国家里，我靠着暖气片坐，握着一杯糖水，感到很幸福。

隔街的那些有七十多年没维修的老房子，黑乎乎的，看上去非常荒凉。街上拉着一条不亮的霓虹，写着"回到1700年"，那时，圣彼得堡算是东欧最伟大的城市，彼得大帝的首都。

然后，沙皇一个比一个凶残无能，社会动荡，许多人被杀。从西伯利亚来的黑衣僧人在被暗杀的时候预言了沙皇一家的死。

然后革命来了，又杀了许多人。

战争又来了，许多人杀人，许多人被杀。九百天圣彼得堡被法西斯德国围困，没有食物，可是全城的人宁死不降，直到击退德国人。

然后革命又走了，经济崩溃，原来一个卢布可以换两个美金，现在，一个美金可以换六千卢布，在地铁站里吹笛子卖艺的女孩子鼻梁上爬满了营养不良的灰绿色阴影。商店里没有什么东西。街口站着失业的男人。靠苏联时代的政府养老金再也活不下去的老太太在风雪里伫立，要卖掉手里托着的几个西红柿。

可它仍旧是我心爱的国家。

有个人坐在窗台前的地上吹口琴，长头发，大胡子，脸宽宽的，长着俄国式的大腮帮子，吹着悲伤的曲子，俄国人巨大的身躯，像是蠕动着要钻进小小的铁皮口琴里化为音乐，琴声哽咽。

他的身边，立着个扁扁的酒瓶子。

我这才发现一屋子里的人都各自守着面前的咖啡，不说话。俄罗斯人亚麻色的头发在窗外的光线里好像暗了许多，他们垂着微微倾斜的长眼睛，这是个非常善于表达忧伤的民族，他们心里的忧伤很温暖，很宽广，很纯净。柜台上的女人用红红的粗手指头托着脸，她在看着外面，外面下雪了，俄罗斯的雪，是契诃夫、普希金、屠格涅夫、托尔斯泰、帕斯捷尔纳克，几乎所有的俄国作家都赞美过的。

我旁边的桌上坐着一个女人，桌上摊着一本书，她长长地向桌子底下伸出脚去，手指在杯子口上转了一圈又一圈，脸上寂静而悠长，她在听着琴声。从她读书时的体态和她用的那副圆圆的朴素的眼镜看，我想她应该是一个知识分子。在博物馆里，我看到了一房间列宾画的俄国知识分子的肖像，果戈理、契诃夫、车尔尼雪夫斯基，用的是一样的眼镜，小而圆的，上面没有任何饰物。这样的眼镜和镜片后面严肃的眼睛，好像一个正在工作的显微镜，竭尽全力地注视。在俄文里，知识分子这个词，特指一类学习西方人文思想来改造本国现实的读书人。她是这样一个人吗？

托尔斯泰听了庄园里农奴的歌谣，会流着眼泪说，他听到了俄罗斯在哭泣。而她在如泣如诉的口琴声里听到了什么？俄罗斯如今还在音乐里哭泣着，她为此能做些什么呢？

她抬起头来，注视着吹琴人，她有一对俄罗斯人有的深切的眼睛。有时我非常敬佩俄罗斯的知识分子，他们与他们的人民之间有精神上的血肉联系。他们像最细，可质地最为优质的麻绳，每一丝麻都闪着光，他们总是把自己紧紧地绑在人民陷入沼泽的生活上，拼命地向外拉，直到拉断为止。我不知道谁是俄罗斯快乐的知识分子，可我知道谁是俄罗斯痛苦的知识分子，耶稣式的痛苦，死在十字架上，四月的第一个礼拜会再次复活，都是为了救世，可从来没有完成过。可他们一代一代，总有最优秀的人，会站出来把自己的那根麻绳用力系到人民的生活上去，承担起自己的命运。

外面的雪遮暗了天空，涅瓦大街上一片苍茫，怀念一七〇〇年代的霓虹已经看不清了，又有人推门进来，穿着被雪化湿了双肩的大衣，握着透明的咖啡杯子走过来，已经没有单独的桌子了，他对我抱歉地笑了笑，在我的对面坐了下来。灰色的呢大衣上有红色的肩章，原来他是一个年轻的士兵。

我想起了五十年代时风行于中国青少年中的连环画上的保尔·柯察金，一个年轻的理想主义者，富有激情，同时也是忧郁的，瘦弱的，献身的，俄罗斯男孩子的亚麻色长发一直向后掠过去，披散在耳边。在大雪纷飞的工地上，他与少年时代出身富家的女友冬尼娅分手，因为他要去追求自己的政治理想，非常纯洁，并带着悲剧的浪漫情怀。在那些画面里，保尔就穿着这样的灰色大衣，像我桌上的士兵一样年轻而清新地消瘦着，没有大腮帮子。

他是六十年代年轻人的青春偶像，当年为了他，一些中国女孩子曾暗自幻想自己是冬妮娅。不少男孩，用保尔做自己的名字，他关于人生的名言许多人至今还能背诵："人最宝贵的是生命，人的生命只有一次。人的一生应当这样度过：当他回首往事时，不应为碌碌无为而悔恨……"

年轻的士兵默默喝着杯子里的东西，在呜咽的口琴声里，他脸色苍白，温顺而脆弱，他还会有保尔那样的英雄主义吗？经历了国家那样沧海桑田的巨变，他还会像保尔那样在这大雪纷飞的天气里拼命工作，冻坏自己的身体，为了政治信仰的不同，就与少年时代美丽的女友分手吗？在关于社会主义和资本主义的理想都失落的时代，这一个穿灰色军大衣的士兵，什么是他值得献身的东西呢？

他甚至没有看那个吹琴人一眼。

两条手臂红通通的女人，端来了一份食物，是一块鸡和一些酸黄瓜，以及一小堆米饭，重手重脚地放在士兵的面前。那是简陋的食物，鸡很瘦，几乎皮包骨头而已，食物的颜色也不好看，放在桌上的铝勺子有一些小的瘪痕。

士兵默默地吃自己的东西，刮干净盘子边上的米饭，虽然鸡又瘦又硬，他还是大多数时候用刀叉剔肉下来，没有用手。然后用桌上三角形的白纸把嘴和手擦干净，因为纸很硬，所以他把自己嘴唇四周的皮肤都擦红了。

士兵走了以后，又来了一些与他看上去年龄相仿的男孩子，还有一个苗条的女孩，剪了奥康纳式的极短发，所以一开始我以为她是个十四五岁的男孩子。他们都穿着黑色的短皮夹克和黑色的牛仔裤。他们带来了一些黑色的日本造的扩音器，在店堂里忙碌着布线。渐渐，可以看出他

123

们在搭一个小舞台。那个苗条的女孩搬进来一把电吉他，我想他们是在准备晚上的演出，爵士鼓被放在一角，鼓面看上去不怎么干净，是用了不少日子的样子。我不知道晚上他们会在这里唱什么。

吹口琴的男人停了下来，那些孩子放下手里的活向他鼓掌，他则向他们举了举拿起来的酒瓶子致意。

微黄的昏暗

叶琳娜在我的前面走着，领我拐进一个种着些白桦树的院落。我们要去作家俱乐部的咖啡馆，那是苏联时代被政府栽培着的作家们聚会的场所，像写革命诗歌的马雅可夫斯基，像写劳苦大众的高尔基，像写革命现实主义小说的柯切托夫。叶琳娜在进院子的那一刻，将脖子长长地向上伸直，整个人都矜持风雅起来，那一定就是她在莫斯科作家圈子里的面貌。她差不多在《日瓦戈医生》出版十年后开始写作，是革命洪流中的人情颂歌的主题，作品由全苏作家协会主持翻译介绍到英文国家去过，也在索尔仁尼琴被逐以后，她代表苏联作家访问意大利，作为交流作家，她也在东德的文学屋住过三个月，现在是莫斯科女作家协会的主席，她是一个可以住进政府为高级知识分子特别建造的高层楼房里的女作家，门口有二十四小时值班的门卫，那是一个默默喝伏特加的男人，叶琳娜叫他大叔。

这栋坐落在僻静小街上的房子，让我想起上海作家协会。西欧化的院落，不是本地式样的精致小楼房，是革命以前的大宅子。现在有些荒了，旧了，被人轻慢了，可是气氛还在那里，并没有散去。往里面走进去，在没看到人以前，有种误入另一个时光空间的感觉。作家俱乐部从前

125

是俄罗斯皇室的宅子，公主在这里跳过舞，列夫·托尔斯泰在这里爱上了他的妻子，那也是一次贵族的舞会。后来这场舞会被写到《战争与和平》的小说里，当苏联将这本小说改编成电影时，列文参加的舞会又回到这里，进入了电影。

为什么社会主义国家的作家，总会分配到这样的老房子用呢？这使得他们不得不认为自己还是有某种特殊的地位，虽然它比较含糊。

就是现在，这里的咖啡馆也不是公众的地方，需要作家领着进去。

十一月的天气，阴沉寒冷，正培养着那一年的第一场大雪。过道里简直昏暗极了，就像无数俄国小说里描绘过的昏暗一样，微黄的昏暗，让人想起漫天的鹅毛大雪的广袤大地，以及不肯说自己本土语言的忧郁的贵族们，他们在话里夹着法文，因此中译本里总跟着些法文小注，而到十月革命之后，他们大多数人的法文都在流亡巴黎时成为真正的生活语言，而不再是某种高雅的生活点缀。

叶琳娜脱下大衣，对我说："穿大衣进去是不礼貌的。"她用手指轻轻捋了捋头发，把贴身毛衣的领口往里面塞了塞。然后看看我说："你准备好了吗？你修饰得太简单了。"

我只以为是跟着去看一个有意思的地方，没想到要很隆重。其实，我箱子里也没有隆重的衣服鞋子。

咖啡馆在过道的边上，底楼，扑面而来的，没多少咖啡的香气，倒是马上能闻到在水里煮开了的糖发酸的暖甜。

桌子是朴素的长方桌子，上面挂着一些灯，有些像办公室的那种公事公办，不鼓励个人情调。

桌子上围坐着不少人，好像在开会一样，并不是自己管自己独自待着的样子。

她与咖啡馆里一些桌子上的人打招呼，带着自己人的熟稔，圈中人的亲昵，他们大声地表达相见的欢喜，隔着桌子迎上去彼此贴脸，发出了啧啧的亲吻声。他们清晰响亮地称呼着名字，带着对那些名字的敏感和自豪的神情，我想他们一定是那些非常有名的作家。

另外一些桌子上的人，只是看了看我们，就转过身去了。那就应该是叶琳娜所说的圈子外的作家了吧，看上去很冷淡。

这边桌子上的人，热情地空出椅子来给我们，他们正在讨论一本新出版妇女杂志的封面故事，苏联时代过去后，一直自豪地劳动着，与男人平起平坐的苏联妇女突然发现自己活得不像是女人，而像是负重的、没有性别的动物，大多数妇女失去了优雅，而这个词是从前不敢提的。甚至也失去了母性，和男人一样辛苦工作，孩子送进幼儿园，不能关心孩子的成长。编辑部的女编辑手指上夹着烟在本子上飞快地记录，好像是个座谈会的样子。叶琳娜对大家说，她要请中国人在俱乐部吃饭，只在咖啡馆一会儿时间，体验体验莫斯科的作家生活。桌上的人都赞同地点头，"坐一下。"大家说。

一个男人伸手点着四周说，虽然一切已经不如从前了，可他们并没有停止思想和创作，这里仍旧是他们自豪的地方。思想的自由比面包要更重要，对作家来说。这也是叶琳娜的想法，她为新加坡的杂志写过文章，阐述这个想法。

所以，叶琳娜重重地点头，表示同感。

"自由吗？"我问。

"当然。过去我们不敢真正交谈，特别是在这样的地方。连墙壁上都会有耳朵。"一个黑发的女子说。她从前是一家出版社的美术编辑，现在自己开了一家小出版社，出版了白俄留在世界各地的墓地寻访手册。"我们每个人都有亲戚或者朋友因为说了什么而失踪。说起来，我们这些人都是幸存者。"

"可现在有谁真正需要我们的书呢？作家的书都卖不掉，出版社拿书当稿费给作家。人们都被庸俗下流的小报迷惑住了。"一个头发灰白，梳得一丝不苟的男人庄重地说，"作家到了生存的危急关头，可是从前作家是那么崇高，那么危险，那么受到注意。"

"可是伟大作品就要在这时候出现了，我有预感的。"叶琳娜说。

桌上的人都不说话了。这时有人喝杯子里的咖啡，好像想起来自己还有什么可以喝。我看到不少人喝的是很浓的红茶，碟子里摆着看上去很硬的方糖。女编辑拿了一块咬，果然是很硬，方糖在被咬碎时，发出了响声。我看到了桌子上放着一个黄铜的容器，像生啤酒的大桶一样，在那上面也有一个小小的水龙头，有人打开小小的水龙头，里面流出来冒热气的茶水。大概那就是俄国小说里总是提到的"茶炊"吧。最伟大的作品里也能看到关于它的亲切描写，因为它的日常，它在冰天雪地中的俄罗斯生活里的那种安宁。

莫斯科新圣女修道院一九九三年的初雪

"中国的情形怎么样?"有人问。

中国的情形。

这个口吻像是战争电影里,司令部的参谋们画地图时说的话。好在问的人是出于对总是在一边不作声的我的礼貌,并不要求真正的回答。

我看到一张靠在墙角的桌子上,只坐着一个人,一个女人,因为她有胸,并穿着长裙。但是她头上只有稀疏的头发,露着光光的淡黄色的头皮,眼袋很重,没有女人的神色,眼神非常忧郁,非常浑浊,非常颓废,只是这么复杂的眼神,倒让人觉得了里面的纯洁。看上去,那是被玷污以后呈现出来的纯洁。整个咖啡馆里,只有她是一个人,自己占了一张桌子,不像在等人,也没有要和人说话的样子。她就一个人独自坐着,喝手里的酒,那酒是无色的,她又是小口抿,我想那会是伏特加。

"她是个诗人,"叶琳娜说,"现代派诗人。"

"就是那个爱上了一个英国人,被斯大林骂作修女兼娼妇的?"我问。在我阅读过的书本上,作家们、画家们、诗人们都永生。而阿赫玛托娃一九六六年已经去世。我道听途说地知道了她,在我已经是个少年,她坟墓上春天已经青草萋萋时。古老发黄的书页,那上面留不下时间。

"不是,她怎么可能这么年轻?这是另外一个诗人。她们可以说得上是两代人,写法上有些一致的地方。"叶琳娜说。

一道蓝边

到达布达佩斯的晚上，我住在链子桥对面的大楼里。楼下热闹得很，都是新兴的西方式酒吧，这条街上，连从前那些门楣高大、装饰沉郁的旧咖啡馆，在哈布斯堡王朝时代就赫赫有名的，现在晚上也开始卖酒了。旅游书上介绍说，聪明的旅游者到别具风味的纽约纽约酒吧享用完布达佩斯最著名的古拉绪浓汤，而且，要问侍者要多多的红辣椒面才算正宗的懂得，然后就到酒吧区来过夜生活。

秋天最后的温暖空气里，人们坐在室外，说话声如山谷里的云雾般，带有些清晰的齿音却整体轻柔含混地蒸腾上来，偶尔还能听到玻璃杯子相碰撞清晰的轻响。我打开了窗子，晚风轻柔凉爽，像普希金诗歌里面写的那样拂动着窗帘。从大楼之间的缝隙里能看到一点点链子桥上的灯光，还有对岸城堡的影子，这就是伊丽莎白皇后最喜欢的城市，她是它的保护神。在慕尼黑时，她曾是茜茜公主。

这是秋天最后的温暖时光，让人怀着惆怅想起夏季。古老的公寓大楼，长长的木窗子连接着高大的天花板，在东欧我总有机会住在这样短期出租的公寓楼里，从前人们叫它出租公寓，在布达佩斯有个更时髦的名字，叫公寓俱乐部。

布达佩斯旧日街景

　　这高高的天花板让我想起许多东欧的城市，波兰的华沙、卢布林、克拉科夫和扎莫什奇，以及东普鲁士的旧城格但斯克，俄罗斯的莫斯科、圣彼得堡和皇村，捷克的布拉格，德国的东柏林、魏玛、德累斯顿和波茨坦，甚至还有某些奥地利的城市，林茨和因斯布鲁克。还有从窗子里浸入的声响，更多的人声，电视或者收音机发出的播音员的声音。那都是一种与一切都在秩序之中的资本主义世界有着微妙不同的声音，云一样飘浮在高高的世纪初的天花板上方。

　　我到厨房里去为自己做一杯茶。

　　橱柜里整整齐齐排列着各种杯子，刻花的葡萄酒杯，厚厚瓶底的啤酒杯，陶瓷的茶杯画着一道蓝边，看上去像是社会主义时期遗留下来的东西，带着一股乡野地主农舍里的乐观气息与时代消亡带来的惆怅。我取下它来，准备装上我的茶。

在布达佩斯郊外的另一个小城，有个名叫"在斯大林靴子的阴影下"的雕塑公园，是布达佩斯历史博物馆的一部分。那里冷清的草地上陈列着从布达佩斯街道、广场和学校中清除出来的各种社会主义遗迹，斯大林铜像，马克思恩格斯一体像，列宁像，匈牙利共产党领导人，苏联军人像，工农兵浮雕，以及戴着红领巾的少先队员群像，高大的苏式街头雕塑，按照一颗五角星的形状排列在公园里。门口的红五星商店里卖当年的货币、红旗、废弃的党旗与党徽，以及各种勋章，还有洋铁皮做的牛奶罐，以及带有一道蓝边的茶杯。当一些旧有的生活遗迹集中在斯大林高高踏在红砖台上的靴子旁边，它们散发出一股监狱般的气息。下午好不容易找到那里的时候，有一队小孩子与我一起参观，带着他们的是小学的历史老师。

我将热水注入放好了立顿茶包的杯子里，来自斯里兰卡小英伦茶产区的 Earl Grey 旋即散发出一股清新的柠檬草气味，在蓝边茶碗里散发出世界大同的异国情调。在厨房中央的柚木小圆桌上，安放着一只笨重的收音机，我过去打开它，上一个使用者将波段调在音乐台的频道上，所以，它接着播出古典的钢琴曲，已经好久没听到收音机里音质平扁的音乐声了，恍若年轻时代。我想这曲子应该不是《忧郁星期天》。但电影里那个故事，似乎就应该发生在我住的街区里，现在想起来，它更像是个抒情的城市漫游电影。

我在小圆桌旁坐下，然后看到在小圆桌旁边的墙上，褐色镜框里挂着一首手抄的小诗，匈牙利语。

"生命诚可贵，爱情价更高。若为自由故，二者皆可抛。"裴多菲就是匈牙利诗人吧。但我希望这里抄写的不是这首政治化的诗歌，而是更为柔软的，比如《悲哀吗，是一片汪洋大海》，或者《我愿意是急流》。"只要我的爱人是条小鱼，在我的浪花中，快乐地游来游去。"那样赤诚的奉献与爱，在我看来就是典型的东欧，连莱茵河畔穿着短大衣赴死的维特都会黯然失色。

一九六八年，捷克有"布拉格之春"和《嘿，裘德》，一九五六年，布达佩斯有裴多菲俱乐部。在我少年时代，从道听途说的窃窃私语中听说过那些耸动的事件，才记住了这两个充满诗意与哀伤的城市。回想起来，我这一代人竟是用这种方式学到了世界历史地理。当然，还有华沙一九四五年的屠城，卡廷森林的惨案，苏联的"古拉格群岛"以及叫阿赫玛托娃的女诗人，伯林在《苏联的心灵》里描写的圣彼得堡的夜色，他在堆着肮脏的雪的街道上匆匆而过，去拜访那些噤若寒蝉的诗人们和音乐家们，八十年代优美的《拉拉之歌》，那是《日瓦戈医生》的插曲，纪念一个纯洁的俄罗斯女人，她在压力与精神追求之间的选择展现了俄罗斯式沉重的诗意。

我从来对政治历史没太多兴趣，我只是被那些在特殊的历史地理里蕴含的温柔的哀伤，与不论如何都不屈服的精神打动，只是一直都认定它们是我这辈子见过的最动人的奉献。

在我没什么阅历时，就被这样的故事深深打动，至今没有太大变化。这是我经历了岁月洗礼的感情。每次我住在这样安静的、有些荒芜的高天花板的东欧街巷中的一间房间里，心里都为自己还是保有着少年时代的价值观而有点自豪。

高高天花板下，我只要有机会安静地独自坐着，这种来自东欧的诗意就如一种柔和的光线一样将我的心笼罩住了。这是我在伦敦、纽约、巴黎、罗马、马德里和维也纳以及阿姆斯特丹和旧金山这些伟大的城市都找不到的感觉，我也是爱这些大城的，但这爱不同，在东欧高高的天花板下，那是一种非常深切的，似乎能融化其中的感情。

我只是在那里能感觉到自己内在，有一部分属于它。

只是这样的感情渐渐淤塞了。我知道它并未干涸，只是无从给予。

早餐

电梯哐啷哐啷的，在楼道里发出很响的动静。

这个由天主教会主持的精舍早上向住客供应一份早餐，所以我和一起顺道去维也纳玩的朋友去楼下的餐室吃早餐。那是我第二次到维也纳旅行。四年以后故地重游，当初离开春雪中的维也纳，不知何时重逢的离情，得到了很好的安慰。

餐室很高大，窗上垂着白色的蕾丝，正中挂着颜色鲜艳的圣像。这是个教会开在维也纳老城里的旅馆，主要是给外地到维也纳公干的神父们准备的，也招待通过教堂介绍来的客人。从住进来的那个晚上，我就探头探脑，我朋友就笑。她明白我满脑子里的"脏"东西：希望在这世纪初大房子的昏暗走廊里，遇到一个年轻而苍白的神父，纯洁的、坚定的、浪漫的，就像那个写出《平安夜》的人，那个故事就发生在奥地利。她就说："我告诉你，现在的神父全都有大啤酒肚子，全都超过了五十岁，一睡着就打鼾。"

我好惭愧。

旅馆很清静，只看到后院里停着客人的车，有英国牌照，也有德国牌照和瑞士牌照的车。放春假了，大家开着车

维也纳宫廷剧院

到处旅行，有的车顶上绑着自行车。我们房间的后窗，正对着后院，直到半夜，还能听到有人压低嗓子说话和关车门的声音。早上起来，看到英国车不见了，它的车位上换了另一辆德国车，小小的、笨拙的、过时的，像一只六十年代女生穿的厚底鞋。在高速公路上开最外面那条道，因为跑不快。那是从东部开出来的车，带着东欧人贫穷而性情不羁的气息，在后院的车堆里孤立地泊着。

房间很大、很朴素、很勤勉，干净得没有一丝灰。走廊用了老姜色的漆，古老的颜色。褐色的房门上有人用粉笔画了十字，还写了在耶稣降生的那个晚上遇见耶稣的三个国王的名字，那是一个春天的天主教习惯，孩子们上门来，给了钱，他们就在门上画十字和国王的名字，这些门上的东西就可以保佑一年。我们房间的门上也有，是上一次的住客为我们积的德。

早上洗漱的时候，发现看不清自己的模样，原来是镜子小了，高高地挂着，只能看到一个头。然后才发现房间里有书架，书架上有不同版本的《圣经》，可是没有镜子，不能满足你看见自己的欲望。

住客们大都和天主教沾一点关系，在等人给自己的桌子送小面包、肉肠和自制的果酱时，本分地把洗干净的双手靠在褐色的桌边。每天总有好几个结婚戒指在桌沿上闪着光，戒指上面是礼拜天一定去教堂的红润诚挚的脸，那都是些标准日常生活的中坚分子，像铁锚一样稳定着一个社会。

我的朋友用指甲敲敲桌子，说："你看窗边那桌。"

那里的桌子，一个红发女子，一个高大的中年男子，男子在喝咖啡，白色的咖啡杯子在他又厚又大的手里，显得好小，他一只手握着一本维也纳旅游指南看。还有一个年轻人，穿戴整齐得简直不像是来旅行的，带着不耐烦的神情坐着。红发的女子画黑的眉毛向上挑去，再弯下来，有一种蛮横的强悍的风骚。她长长的红红的指甲一直在桌子上敲，敲得边上的人朝她看。

"他们大概是从匈牙利来的，或者是罗马尼亚，"我的朋友说，"是东欧来的特权阶级。"

"他们是那种在冷战时就能到西边来旅行的特权阶级。他们来买很贵的衣服和钻石、香水，任何东西，带来的全是现钞，到瑞士去买手表。我们这里，只有黑社会的人才那样买东西。"

我想到了中国的七十年代，在我哥哥的小房间里藏着的东西，也许还有披头士的录音带、西方的杂志。

发面包篮子的嬷嬷急急地越过其他桌子，向咔哒咔哒的声音走过去，她不高兴地对那桌人说："我总要一个一个来，每个人都是客人。"然后，她走回去，从最前面的那个桌子开始送面包篮子。

"你知道，我们用什么方法认出从东欧国家来的人吗？而且认出他们有特权背景？"我朋友问。

"就是他们的样子，骄傲的、帝王的神情。在我们看来，是没有礼貌，他们好像不懂人人平等，"她说，"虽然他们的政府总是说自己才是最平等的。"

那是一种霸气，从打下过江山的官宦人家里长大的人

139

才有的，带着对日常生活秩序的蔑视，还有一种在不被礼貌对待的地方生活的人习惯了的捍卫自己的本能。

"我们东德的人也是这样。他们来了，看到我们的房子很大，我们的火车很好，很多的好东西，他们什么都想要，他们就等着。他们没有想到，他们想要的一切，都是我们努力工作得来的，不会自己从天上掉下来。等，没有用。"

桌子上响起了刀叉和盘子的叮当声，热咖啡香气四溢。餐室里很安静，虽然桌子上的人各自吃着自己的早餐，谁也没说什么，但可以感觉一种微妙的抵触。别桌上的人都对嬷嬷表现出格外的谦恭和多礼。

"茶?"那个红发女子挑起一边的眉毛，大声向嬷嬷发问。她的声音很响，很厚。

嬷嬷指给她放茶的地方。

她站起来，侧着肩膀，经过整个餐室，向她要的茶走去。她的皮鞋一路上笃笃地响，是一双精致的蛇皮鞋，细巧地紧裹着她粗壮的脚。日本出产的优质丝袜紧绷着她的小腿，光闪闪的。从背影看，她像是在维也纳商业区大街上到处能看到的国际化的女郎，日本丝袜、意大利皮鞋、法国的丝质衬衣和瑞士手表。她迈着势如破竹的大步，不同于德国女子会有的顶真，不同于法国女子会有的自得，不同于意大利女子会有的放肆或者美国女子会有的自在，甚至不同于俄罗斯女子会有的强悍，她带着一种破罐子破摔的懊丧、恼怒和不甘穿过餐室。然后，她端着三杯红茶，谁也不看地回到自己的桌子上。

我看见有人在她身后耸了耸肩膀。

他们那一桌很快就离开了，留下来一堆没吃完但翻乱了的食物。

"上帝啊！"嬷嬷站在那张桌子前一拍手，嘟囔着说。

一个女孩清澈的说话声

我是乘坐黄昏时最后一班火车来到克鲁姆洛夫的。韦伯说要是火车出问题，不得不晚到，那么到了以后就给他电话，他好过来给我开门。这已经是二○○九年捷克的秋天，我在网上预订了克鲁姆洛夫老城里的家庭旅馆，韦伯家开的。

穿过波希米亚森林的支线小火车开开停停，一车子的人安然若素，坐在我对面窗边的男人满脸都落在金灿灿的阳光里，亚麻色的眉毛和灰色的眼珠好像褪尽了颜色似的，惹人多看两眼。好像只有我一个人害怕到得晚了，今晚真没住处。但是波希米亚的森林在蜿蜒的丘陵上起伏，夕阳下大群黑色的鸟在林梢扬起又落下，显得森林有点忧郁，十分好看。我少年时代沉迷在旧欧洲小说和交响乐里的日子，又开始在心里的什么角落中蠢蠢欲动了。

只要在欧洲旅行，就总是会迎来这样的时刻，从心中的轨道，一路滑翔入自己的少年时代，那是寒冷的上海，天光总是暗淡，但心中总是飞翔着轻盈而绝望的梦想。

我还是顺利到了韦伯家的小旅店，巴洛克时代方方正正的老房子，在老城背静的街里，屋顶上盖着最后一抹金灿灿的夕阳。

克鲁姆洛夫老街

我这房间小小的，床上有股洗衣液的柠檬添加剂气味。这气味让我想起从前慕尼黑我住过的那个安静的坡顶房间，床也靠在暖气片旁边放着，一张小沙发床。也是白色泡泡纱的被罩，也有一股令人安心的德国洗衣液气味。那是我第一次客居在欧洲的一户人家。要是从飞机上看，就好像一粒米落在米缸里那样日常。

我把自己行李里的计算机拿出来，接上电源，播放自己选好的音乐，林昭亮拉的莫扎特，我从来喜欢的曲子和小提琴演奏者，他在唱片封面上的照片，也是一路慢慢没了婴儿肥，生出白发和皱纹，但是与莫扎特一样没有风霜。

然后，找出来几个红艳艳的苹果，它们就好像白雪公主后妈给她的毒苹果那么好看。我在慕尼黑火车站等车的那个清晨买的，一直都没吃，可一路都拿出来放在旅馆房间的桌上，好像这样布置一下，就能让那些陌生的房间因此变得熟悉。

小狗出去散步，不也会一路走，一路撒尿，而且一路闻着找着，与我的林昭亮和苹果一样。

安静的街巷里传来一个女孩子清澈的说话声，捷克语，听不懂。但是懂得那里面东欧沉重的大舌音带来的浪漫与粗重交织的语言气氛。

对面的房子突然一振，好像一张平静的脸上突然挑起了眉毛，那是亮了一盏灯。

灯光透过厚重的白色蕾丝窗幔，这里真的是波希米亚森林中的老城哎，白线勾起来的蕾丝显得有点忧郁。灯底下是谁？我见到窗边的外墙上保留了一帧古老的湿壁画，方方正正的，画着穿了大花裙子的圣母，抱着她的孩子。这就是宗教战争时代落下来的印记吧。

我拿了钱包出去吃饭，一边决定要喝点酒，即使是一个人旅行。

老城安静极了，过了一座桥，听见伏尔塔瓦河在暮色中响亮地流过，打着旋，哗哗地撞在河中央的石头小丘上。想起听过的《伏尔塔瓦河》的合唱曲，少年合唱团唱的，"在我的祖国波希米亚群山中，有两条美丽清泉奔流悠长，一条温和一条清凉汇流成河"，心中希望自己见到的，就是那森林中清泉刚刚汇集流出的河流。这时候突然想起，我有个朋友一辈子都喜欢《伏尔塔瓦河》这曲子，他死了，葬礼上用的曲子也是它。

我在桥上站了一会，静静听着，心里想，要是这个人听过这里流利响亮的水声和来自斯美塔那笔下那清亮活泼的弦乐声，他充满遗憾的生活是不是会多一个舒服的句号？凛冽的水汽森森地升上来，高高站在山坡上的圣彼得堂，响起了晚祷的钟声。

我就想来这个小城静养几天，养我的心，养我的眼。不像游客那样，早上十点钟跟着大巴士来，去城堡看看世界上最完整的巴洛克剧院，下午四点一到，就随着大巴士走了。我就喜欢游客走了以后的老城，好像给人抛弃般的安静，时光霎时就回到中世纪去了：伏尔塔瓦河从森林中打着旋流出来，穿红裙子的小姑娘挎着篮子，去森林里采蘑菇，晚上父母在家里火炉旁，给自家孩子演木偶戏《浮士德博士与魔鬼》，来自十五世纪的传说。

于是，我就来到了这里。

和多年前的旅行一样，一个人。

路过一个灯火通明的房子，是超级市场。隔着窗子能看到一条粗粗的长圆面包。

那条面包让我想起波兰的克拉科夫，一九九三年的夏天，杏子树下喷香的面包房架子上的面包。那是与西欧不同的东欧气氛，更加手工、诗意、天真，像辛波斯卡的某些诗句。

小小的超级市场里有卖烟肉的，还有面包和小西红柿。

买东西的，是准备回家做晚饭的主妇们。

红皮小土豆看上去很新鲜，应该煮着吃，用叉子压碎了，放上黄油、干迷迭香末子，撒上细盐和胡椒粉。这种吃法还是弗兰西斯教给我的，那是在一九九二年的慕尼黑，我住在雪堡的时候，五月，街上开了满树的丁香花。我们那一年还一起吃过蜂蜜煎薄饼。

还有一瓶酒，德国中部莱茵河流域的新酿葡萄酒。而伏尔塔瓦河是流去与易北河交汇的。

我抱着个大纸袋走在夜色里，觉得自己好像走在电影《浮士德》里一样。沿街的那些紧闭着的大木头门好像会突然被打开，木偶浮士德会带着满头满脸松掉的提线从里面冲出来。

回到韦伯家，黑暗的走廊里寂静无声，也许只有我一个人住在这里。

打开客人共享的厨房，桌子上端端正正养着一束白玫瑰，插在古老的刻花玻璃瓶里。长长的白漆窗子，垂着白色蕾丝的窗幔。

流经克鲁姆洛夫城中的小河

一个人旅行，晚上会很长，要是能在厨房里做点热乎乎的东西吃，真的再好不过。厨房的电视里报着世界上发生的大事，巴格达有人体炸弹自杀性袭击，美国东部大雪，冰岛国家破产，希腊债务危机，但画面中阳光灿烂之处，人们正在熟练自在地舔着冰淇淋。我在这陌生的厨房里煮熟了我的红皮小土豆，做了烟肉西红柿汤，在橱柜里找到了成套的碗碟和擦得闪闪发光的酒杯、双立人的开瓶器。

这个韦伯是个德国狂，或者他根本就是个德国人。

热汤的气味让我想起自己家的厨房，它在下午总是充满明亮的阳光，煤气上常常炖着肉汤。上海与这里差六小时，此刻上海阳光正好。想到自己的房间就在隔壁，吃饱了，只要走几步，就能回到正低低回荡着林昭亮琴声的房间，心中就会觉得非常安顿。旅途中有一个安顿的晚上，实在太好了。真正的安顿感，就是在这样萍水相逢的陌生之地找到的，在遥想自家下午阳光灿烂的厨房里才有。

来，那么与自己干一杯，为这突然强大起来的四海为家的雄心壮志。

七十年代的摄影册

　　是偶然发现这些照片的。艾奥瓦大学五楼书库里的书通常都是生僻的书，通常都没有人，我坐在超常开本的架子旁边，翻拍 M. Miller 的作品集，那是他一八六五年的作品。突然，一本黑色的旧精装本缓缓从空隙中倒向另一端，"噗"地响了一声，好像是寂寞的喉咙无意中发出的声响。它就是 W. Barnstone 的访华摄影作品集。大多数照片是一九七三年的中国孩子。

　　封面上那个小姑娘，一九七三年的上海小学生，和我当年一样大。她汗津津的，高举着一段红绸子。红绸子是七十年代不怎么值钱的塔夫绸，不时能看到布面上粗细不均匀的线头。但握在手里却很服帖，因为里面没有一点化纤成分，满满一握，都是朴素，都是热烈。红绸子是我们那时跳舞的道具。挥舞起来，满台红彤彤的喜气，如同乡下人过年。有时大游行，也用它做有飘带的大红花，装饰大幅的毛主席像。那是一九七三年，革命的狂飙已经式微。

　　她穿着泛黄的白衬衣，那是厚厚的棉布做的，洗后又没有烫平整，再被穿着跳舞，所以衬衣上有成百上千条皱纹。棉布白衬衣是七十年代每个中国孩子必备的礼服，游行，主题班会，欢迎尼克松访问上海，十月一日国庆节，跟妈妈回娘家，好朋友凑齐了零花钱，去红卫照相店拍四角八分三张的合影，都用得上白衬衣。只是棉布的衣服，领口、袖口、前襟都很快就会泛黄，大人们一般都禁止小孩穿白衬衣吃西瓜和杨梅这两样水果，虽然那时白棉布很便宜，但大家的工资也很低。

她胸前有一枚白瓷做的毛主席像章，用像章后面的别针，别了毛泽东思想红小兵的牌子。那个白底红字的牌子，其实是一小块塑料夹子，里面夹着一张厚白纸。那时，小姑娘们常常将毛主席像章和红小兵标志别在一起，省得在衬衣前襟上多戳两个洞。我从来没这样精明过，我母亲也不计算这些，从班上的女同学那里，我学到了这个窍门。上海女孩子，即使在一九七三年，还是学到了如何精细地生活，并尽可能保持体面。

我也曾有过一枚白瓷的像章，当时它属于精致的短缺品。后来"文化大革命"结束，母亲单位里回收毛主席像章和石膏像，她就将家中有毛主席的东西悉数卷去上交。我知道，她只是再也不想看到他的脸了。整个社会都想赶快忘记。后来，我果然以为自己忘记了。时代翻滚着向前，好像一个正在滚动的保龄球。"噗"的一声，某年某月的某一天，一本书不经意地倒下，露出封面，过去才回来。我想起了毛主席像章别在白衬衣上的感觉，沉甸甸地坠在衣襟上，当你奔跑跳跃，它便扑打着你的前胸，一边摇摇欲坠。你得记得用手压着它。要是它掉下来，一定会摔碎，那就一定是现行反革命事件。你一定要小心，因为这不是你一个人的事，关系到你和许多人的政治生命。所以，"你要知道担待。"这是我母亲一直吩咐我的话。

　　我放下照相机，开始看这本摄影集。里面有许多女孩子单纯的脸。我看到某件小圆领上围着的一小圈短短的尼龙花边，忍不住微笑了。那时候，女孩子的衬衣领子从前几年与大人一模一样的小方领，改变成小圆领，要是我没记错，那是一九六六年后第一个流行的衣领式样。当时，市面上根本买不到尼龙花边，甚至也没有店家敢出售它，它属于一种想入非非的生活方式，刚刚被革命清除过。但不知为什么，小女孩们的妈妈总有办法为自己的女儿找到一小段花边，白色的、透明的、朴素的、简陋的花边，小心翼翼地为那个小圆领镶上。我只记得花边给女孩子带来的甜蜜，那是如羽毛拂过面颊般轻柔的甘美。那一天，因为身上多了一道花边，你不愿意大声说话，你以为奇迹会接踵而来，你觉得自己是那些翻烂了的旧童话书插图里的公主，而且还是安徒生童话里的最正牌的公主。

　　如今在美国的图书馆里想起这些往事，我真佩服一九七三年为女儿找到花边的母亲们。她们到底是怎样找到的呢？我母亲本不做针线活，但那一年，她也在灯下为我做了一件有花边的小圆领衬衣。花边装在一只她办公室用过的旧信封里，当她从里面抽出白色的尼龙花边时，整个房间都为之亮了起来。我记得她用竹尺仔细量了量，啐了句："小气鬼，连拐弯的地方都不给我算进去。这拐弯的地方交给谁呀？"然后，她不得不削减了本来可以更舒展的圆领，使它紧贴领口，花边这才紧巴巴地将领边镶满了。

　　穿这样领子的衬衣时，总是将领口的第一粒纽扣扣上，因为这样，小圆领才能显出完整的形状，才服帖。照片里将第一粒衬衣纽扣紧紧扣着的女孩子，唤醒了我身体的记忆，那是纯洁到无辜的，安分到没有任何欲望的身体，让我想起天主教修道院里的天使，动作笨拙，不懂怎么摆姿势。Barnstone 在前言里也讲到这样的身体："当照相机对着人们，在感受的深处，和对着山水一样。人们是这样自然，没有姿势，他们根本不会摆姿势。"

那时，我们为什么看上去植物般的纯洁和无辜呢？因为封闭吗？连短波都不能听，当然遑论出国，连与外国人交谈都是极危险的事。因为匮乏吗？不要说一根尼龙花边，纺织粗糙的白棉布，连读十九世纪的欧洲小说都可以是现行反革命。因为是无所不在成为反革命的危险吗？当危险大于承受力，也无法反抗的时候，人们就变得安分守己，甚至善良起来。

启蒙时代，欧洲哲学家们对东方有过理想国的完美想象。直到殖民时代到来，欧洲人才发现了真实的东方，它在西方文明下分崩离析了，启蒙时代的理想这才被现实打碎。中国向西方封闭了二十多年以后，随着中美建交，美国的中国史专家们才得以再次进入中国，探险共产主义中国。Barnstone 就是最早进入神秘中国的美国学者之一，他内心深处的启蒙时代理想仍留有余温。面对一九七三年的孩子们，他看到了无欲、无知、自在、自足，就像吃智慧果之前，毫无羞耻感的人。对于一九七三年的美国和欧洲的同龄人，中国孩子真是遗世独立。他以为自己看到了另一个理想国。他们就是《中国的新面孔》（Willis Barn-

stone，*New Faces of China* ，Indiana University Press，
1973）。

那个女孩子温良地跳着舞，我甚至能闻到那处女皮肤
上的微微发酸的温暖气息，那是没有任何香料装饰的气味。
我曾有过她的一切，为她感到了生活巨大的、无声的悲哀。

一九七八年，中国社会将我们称为一代喝狼奶长大的
孩子。

白云

在大洋洲无尽的蓝天上，白云出没。大洋洲有全世界最洁净的蓝天，它充沛的水分和温和的气候酝酿出全世界最丰富的云朵。走在旷野里，山岗上的石头处能看到点点锈红色，那是古老的冰河纪苔藓，它们仍然活着，而且在春天时布满靠近雨林的山谷。在那样无边无际的旷野里，才看得到蓝天之大，云朵之丰美。也不会因为看了一天又一天的白云而感觉古怪——现在有谁还能这样看天呢？难道它现在不是件不怎么正常的事情吗？

有时它们是长长的一条，在它身边开车，一百二十码，开半个小时，都还没从云这一头走到那一头。细长的白云像二十年代连接邮轮上的旅客和码头上的送行者的惜别纸带一样，长长的，长长的，忍无可忍时，才断了。将要翻过这座山了，回头一看，它还伏在原先的河谷上方，好像送行者手中还握着那条白色纸带，一直不愿放手。有时它们在长天上飞舞，灿烂时像《阿依达》里的囚徒大合唱，柔软时像二十年代乐队里的小提琴声，当巨大的白云因为遮住猛烈的太阳而呈现出灰色和金色，如德国人高亢的男声伴随华丽的电声响彻整个蓝天："为什么他们不能保持年轻？我要韶华永驻。"

小时候，夏天，仰面躺在大楼的阴影里，水泥地留着阳光的暖意。台风过后，上海的天空难得蔚蓝，沉甸甸，满载水汽的云是浅灰色的，在天上汹涌而过，好像淮海路上游行的队伍。它们经过灰色的四十年代大楼时，好像大楼就要迎面倒下来一般。

　　我身边当时躺着童年时代唯一的朋友，她比我大一岁，比我坚强，赌气般地保持着孤独。她说大楼是不会倒下来的，是因为云在天上移动的关系。这是一个童年时代一起看行云的人，我们一起成长，她父亲病危的最后一夜，我陪她在家里度过。午夜时分，我们一起守在煤气上扑扑作响的野山参蒸锅旁，为她父亲蒸好最后一小碗人参汤。她从小警告我，不可原谅小时候曾欺负过我们的孩子，永远不能原谅他们，也永不原谅生活的不公平。

　　中年时，她得了癌症。她独自躺在床上，朝我笑了笑。她好像抱歉似的笑容，让我想起我们从前在飞奔的云下，她断定大楼不会因云的移动而倒下，那时我们还都不到十岁。不论那时我们是多么赌气地要永远如何，但心中却没有对于"永远"的遗憾。

　　她躺在床上告诉我，小时候欺负过我们的人，有一日曾在大楼旁边的水泥地上遇见她，想要与我们恢复联系。那人说，我们都早已不是小孩子了。她说，她已为我拒绝。她告诫我说，我们不能原谅。我说好的。她说这种不原谅，也许就是她身上癌症的原因，但即使这样，答案还是不原谅。

　　大洋洲被称为白云的故乡，世上所有的云朵都会回到这里，如人总有一天要回到故里，或者从这里出发。小时候，云一会儿变成一堆绵羊，一会儿又变成一对正在接吻的情人，一会儿再变成飞扬的旗帜，还有长长的惜别纸带。后来，云令人想起音乐。更多时候，在大洋洲的蓝天上，它们的形状难以名状。此刻我已明白，这个样子，就是生活本身的样子。

不论它们会像什么，都永远是云。

澳大利亚草

　　在墨尔本公园的暖棚，带着温度和水汽的气闷里，突然看到一片带有花纹的草，那么熟悉，好像有瘪宕的铁皮铅笔盒，好像被当成书桌的蝴蝶牌缝纫机，好像带有短波的黑色收音机，好像七十年代后期那些散发着树木森然凉气的寂静夜晚，打开的顶楼木窗外，遥远地传来经过城市边缘的火车的汽笛声，好像我母亲种满各种植物的阳台，橡皮树、米兰、蟹脚莲、紫叶，春天时阳台上常充满肥料的臭气，母亲沤了一瓦罐的臭豆子。

　　我家所有的藤蔓植物，都是我母亲最心爱的，金边吊兰，黄绿相间的阔叶吊兰，还有这样带有淡红色或者深紫色花纹的热带草。它们使得阳台带有异国风情，因为这些藤蔓植物，都是远洋船员回国时偷偷带下岸来的。它们很奇异，但却短命。勉强越了一季冬，却失去刚来时的硕壮，变得瘦小干瘪，精疲力竭，颜色也淡去了。母亲总是不等它们死去，就铲除了它们。那时，她穿着宽大的府绸睡裤，蹲在阳台的空地上清理花盆，一言不发。

　　直到此刻，我才知道，那些记忆中阳台上带有花纹的草，是来自澳大利亚。

　　我少年时代最心爱的短波电台，是澳大利亚之声。我在夜间短波的沙沙声里，第一次听到邓丽君和刘文正的时代曲，第一次听到有个温厚的男声朗读《圣经》，那是我少年时代最为具体和遥远的世界，在我身旁的阳台上，静静伫立着澳大利亚来的草。人生真是一幅渐渐显影的图片，直到此刻，我才知道，很久以前的少年时代，我与澳大利亚这样邂逅。然后，在这陌生的地方，会因为偶尔进入了一个暖棚，而唤醒了少年时代的记忆，那时，我是一个热爱写作的少年，但从未意识到，自己的一生将要在职业作家的生活中度过。

蚍蜉死在大树下

一

在我的大学时代，英文老师布置我们背诵过不少课文，为了训练我们的语感。老师在八十年代初很难找到新鲜的英语原版补充课文，只找得到原版的童话故事。"Once upon a time"，那些课文总是这样开头的，"很久以前"。

在上海，人民广场旁边，第一百货商店后面，窄小纷乱的宁波路上，五百八十八号，是新光电影院。它是一个外墙华丽的，带着巴洛克回旋柱和装饰艺术的涡旋纹饰的老电影院，像二十世纪初的欧洲工业建筑一样用红砖。它是那样华丽和张扬，在挤满了歪歪倒倒的一九二九年小房子的窄小街道上，好像一块落进灰堆里的豆腐一样突兀而困惑，但却非常符合它在七十年代后期开始的使命。那时，它几乎成为上海专门放映不公开放映的西方世界电影的电影院，所谓内部电影。

一九七八年，我和同学常常到那里去看内部电影。学欧洲文学史时候的名著参考电影，《红与黑》、《叶甫盖尼·奥涅金》、《牛虻》、《脖子上的安娜》和《简·爱》，对文科学生开放的解禁资本主义国家的电影，《尼罗河上的惨案》、《铁面人》，作为内部参考的数据电影，《翠堤春晓》、《鸳梦重温》、《巴顿将军》。作为某种特权象征的内部电影，现在

161

想起来，它们应该是中国最早的盗版片，总是与新光电影院联系在一起，也总是与禁锢时代对西方世界的渴望联系在一起。

那人头攒动的幽暗门厅和大理石过道里，散发着年代久远的老式电影院特有的气味：一股包着细棕和弹簧的细帆布靠背椅子及其带漆的木靠背的气味。那气味从被紫红色的平绒帷幕遮蔽的放映厅入口处缱绻而来，梦一般的，令人恍惚不已。在一九七八年以后的十年里，新光电影院里荡漾的气味，就是我所熟悉的通往美丽世界的气味。

紫红色帷幕的上方有关于单号电影票和双号电影票的指示灯，但我常常因为急切而忽略它们，我将一根手指大小的电影票递到离我最近的检票员手里，它们通常是蓝灰色的粗糙的小纸条。

在电影开场以前，放映厅里会为先到的观众播放音乐。通常，它们是保尔·莫利亚乐队或者曼托凡尼乐队的轻音乐，那是八十年代早期响彻大街小巷的音乐。《爱情是蓝色的》总是很受欢迎，甚至在弄堂口的小烟纸店，都能从店主人放在木头柜台上的红灯牌收音机里听到。音乐在放映厅里回荡着，因为那里良好的隔音，音乐被包围在里面，像热烈地回荡在心里的声音。

我的心总是被电影院的音乐和气味鼓惑得沸沸扬扬。

某一天，在新光电影院，我看到了《茜茜公主》。阳光灿烂的施坦伯格湖、蓝色的湖水、松树林、蓝色的阿尔卑斯山脉和金绿色的草坡，随着镜头平稳的移动，出现在我面前，还有飘扬着蓝白相间的巴伐利亚旗帜的大房子，那是茜茜公主的家。那是我第一次看到这样灿烂的蓝天，在闪烁的银幕上，那就是巴伐利亚的蓝天。我的同事告诉过我，巴伐利亚的自杀率全德最低，因为总是有人不舍得这样好的蓝天而放弃自杀。

茜茜公主沿着草坡斜斜地跑下来，带着乡野的淳朴，她的高贵出身和乡野清纯很符合当时中国人的价值观，她就这样跑进了我们的眼睛，她带来的甜美单纯，正是经历了革命年代后，人心迫切需要的温存。那是个带着巴洛克遗风的华丽而简单的电影，茜茜公主的清纯使巴洛克的华丽成为可爱的华丽，成为可以自在享受的美。美酒，美人，宫殿，欧洲充满绿色的秀丽山河，还有施特劳斯式的浪漫音乐，它们轻轻碰触着人们被迫深埋于心底的对物质生活胆怯的爱。其实，那电影里有着歌颂真善美的巴伐利亚天主教的说教，但我们从充满狂热说教的年代过来，它的说教简直就是温存的触动，它那熟悉的说教的思想方式，甚至也是让人感到亲切的一个原因。

一九九二年春天的某一个休息天，我从慕尼黑到施坦伯格湖。轻轨火车里充满礼拜天中午懒散而满足的熏熏暖意，在车厢一角有个男人，仍旧像电影里的弗兰茨皇帝那样穿着绿色薄呢的绑腿裤，是那条裤子让我原谅了他脸上铜墙铁壁般的现代表情。窗外是巴伐利亚金光灿灿的蓝天和绿色的松树林，还有在阳光下金绿色的草坡。施坦伯格湖水波光潋滟，成群的白天鹅在金光闪烁的细波上低低飞过，不得不说，这带着巴洛克风格的十全十美的自然是美丽的。在电影里，茜茜公主悲伤的眼睛里洒满阳光，她对她爸爸说:"我总是记着你的话,要是感到忧愁,就到树林里去遥望大自然。"在车厢中一派悠扬的巴伐利亚方言里,我听到茜茜公主在电影里的声音,那是中国配音演员充满幻想和理想的声音,带着八十年代的人文气息,尽量的美好,尽量的正义,尽量的纯洁,尽量的欢快,像十九世纪的人那样信奉真善美,毫不犹豫地视它为生命。茜茜公主的中国对白优雅甜美,干净坚定,她的声音里寄托着无数在黑暗中仰望银幕的中国人对欧洲和世界的向往。"我总是记着你的话,要是感到忧愁,就到树林里去遥望大自然。"我在心里朗诵她的话。

我读到过一个自杀女孩子的日记,一九八六年时,她在日记里端正地抄下了茜茜公主电影里的台词:"当你感到忧愁的时候,就去树林吧,去遥望大自然。"将它当成对自己的劝慰。但她没有得到真正的劝慰,她割腕死了。我往三洋卡式录音机里读那个女孩子的日记,留做写作素材。当我读到这一段的时候,银幕上蔚蓝的湖泊曾澄明地浮现在女孩子的字迹里。那是个穷苦的、浪漫的、渴望自由的女孩子,出生在一个不幸的家庭中,暴躁的母亲,没有父亲,没有兄弟姐妹,寄居在亲戚家,受着冷落。她样样都和茜茜公主的生活反着,所以她喜欢茜茜公主,所以她活不下去。因为这个女孩子,我眼睛里的茜茜公主,总带着一些蚍蜉撼树的感伤。

她在安德拉希伯爵的舞会上对匈牙利贵族说,她希望匈牙利成为一个安定、自由、幸福、富裕的地方。说这话的时候,她端坐在一张红色天鹅绒的巴洛克沙发椅上,面容

新天鹅堡，茜茜公主的爱慕者
巴伐利亚国王路德维希二世所建

甜美而坚定。那也是在八十年代的时候我对中国热烈的希望，对自己将来生活的希望。茜茜以匈牙利皇后的身份说这样的话，声音里有着单纯的向往之外，郑重的承诺，温柔的救赎和勇敢的担当，那也正是我在八十年代对自己的承诺。我对自己将来的生活也有着极其相似的向往，也曾有过"国家兴亡，匹夫有责"的郑重和勇敢，作为一个中文系学生，我也对将来的作家生涯有过关于救赎的理想。那是一个单纯而热烈的年代，大难甫定，非常合适这样一部将茜茜解释成古典而美好的皇后的德奥合拍的电影。穿着维也纳华丽大裙子，戴着皇冠的茜茜公主，优美、正派、纯真、热爱自然、反抗强权、信仰坚定，还有着被宠爱的温柔和善良，这些必不可少的条件，她正好什么也不缺。她是高贵的，犹如春风万里，她就这样成为不得不穿蓝咔叽布衣服长大的我的偶像。在黑暗的新光电影院的座椅上，我遥望着比梦幻还要美好的茜茜，有时泪眼婆娑。那椅子里的弹簧太老了，已经不很灵活，常常直直地从坐垫里隆起，像一块肿痛的青春期痤疮，随着身体的移动而铮铮作响。

八十年代的时候，我心中至为重要的，是勇敢、信念以及优美的面容与心灵。它结束于那个漫长多雨的冬天，那年下了无穷无尽的冻雨，空气里充满冰凉发霉的水汽，我的床和我的棉被是我找到的避难所。漫长的睡眠，晚上早早就睡下了，早上却还是怎么也醒不过来。我的身体很配合我的心情，睡着了，便不用再面对自己。我像个在纸箱里越冬的青岛苹果，表面上看红彤彤的，被好好地收藏着，不经风雪，但在果核那里，却还是不动声色地溃烂了。那个冬天，行道树在冻雨里发了霉，下水道散发着冰凉的浊气，学生的座右铭是 TDK（TOFEL, Dance, Kiss），人心在巨大的失望中溃烂，茜茜公主也在那时，消失在我的沉睡中。我结婚时的粉红色棉布被套已经被洗得相当柔软，它密密地贴在身体四周，好像沉没时密不透风的水波。

从黄色的世纪初风格的小火车站出来，走过长长的、暖意融融的草坡，青草散发着被阳光晒暖的干燥清香，草梗闪闪发光。草坡其实是个山岗，站在那里，能看到湖对面天边的阿尔卑斯山，山峰上是白色的雪，那里就是奥地利的因斯布鲁克。从那里一直向南去，是莫扎特的萨尔茨堡，是施特劳斯的多瑙河，是茜茜公主的维也纳。沿草坡而下，是高高的松树林，小鸟和松鸡仍旧像电影里一样在林间发出叫声。阳光灿烂的午后，松树散发出刺鼻的香气，阳光在林间像匕首一样明亮而坚决地劈下来。树林的尽头，就是施坦伯格湖。在湖边，有人和茜茜公主的爸爸一样在钓鱼，有人和茜茜公主一样穿着巴伐利亚民间的大裙子，有人在微笑着接吻，像茜茜公主和弗兰茨皇帝一样，我对自己说，这就是茜茜公主的家乡。

"Once upon a time"，在草坡上，当电影里的湖光山色出现在眼前，我想起了这句话，"很久以前"。

接着，响彻过新光电影院放映厅的声音再次响起。那是中国人从来不使用的优渥的中文，关于忧愁和树林，以及大自然和上帝。巴伐利亚人认为大自然能让人看到上帝

167

的力量，从而战胜忧愁。我站在湖边，劝告自己要感到幸运，感到陶醉。我望着那山，那水，那些树林和白色的鸟，它们远比在新光电影院银幕上好看，它们垂手可及。湖畔到处散发着阳光强烈的温暖气息，阳光甚至在空气里也闪烁金光，这便是安慰了巴伐利亚人的美丽自然，它像巴洛克宫殿一样堂而皇之地压下来，排山倒海。

我突然泪流满脸，像被压碎的葡萄。

茜茜公主的声音清晰地、不容置疑地说着关于安定、自由、幸福和富裕的理想。她端坐在红色的沙发椅上，用手轻轻挽着裙子里的裙撑，因为勇于担当，她有着钻石般清澈锐利的光芒，我记得，这是我最喜欢她的地方，Once upon a time。她对后来发生过什么毫不知情，她不知道我已经觉得那理想遥不可及了。她不知道我已经觉得自己不配继续保持这样的理想了。她不知道我心里无法清除的失望。她不知道在那个冬天的早晨，我站在灰尘仆仆的镜子前，看自己的脸又青又肿，活像一个被遗忘在墙角的发芽土豆。我害怕地看着那面镜子，不知道以后自己该怎么生活。蚍蜉不再撼树，它已经死在树下。她也不知道有时候我深夜起床，透过窗帘望着沉睡的城市，路灯朦胧地映照着街道上的水洼，到处都是湿的，像坟墓一样。我退回到自己床上，充满行尸走肉的感觉。在施坦伯格湖边，我突然被推到无法直面的一切面前。漫长的湖畔黄昏，金红色的阳光在平静的湖水上滑动，远处的阿尔卑斯山变成了温暖的紫蓝色的山脉，这里的黄昏有种天堂开启般的美，我的心中有种无声的缓慢的痛楚。

施坦伯格湖上的彩绘玻璃

我坐在湖边，有条有理、专心致志地吃着香蕉。将香蕉掰成小块，慢慢送进嘴里，吃了一根，再吃一根，那都是太平洋群岛上出产的大香蕉，在我胃里沉甸甸的。眼泪很快就干了，在面颊上留下一些绷紧的痕迹。

不找借口，这就是我唯一能做的，是我的渺小的、惭愧的、站在底线上了的担当。

我终于面对与茜茜公主的分离，我眼看着说中文的她，像落在坚硬的大理石地上的玻璃杯一样，"啪"的一声碎了。

春天，天主教有许多节日，那些节日我不用去图书馆上班，所以我到处闲逛，寂寞的时候就不停地照相，快门开启的清脆声响是对我很好的安慰。一方面，我想不辜负在欧洲的日子，另一方面是想逃避内心的焦灼。某些东西，不光是碎裂的茜茜公主，不光是在合适与不合适之间位置不定的巴洛克宫殿，一切都在不可避免地崩溃的感觉，一直让我焦灼不安。我不能判断，那是我在崩溃，还是欧洲在崩溃，一切都摇摇欲坠。

在摇晃中，我想抓住什么。但那是什么呢？我并不知道。

四月的假期里，我去了维也纳。与茜茜公主从多瑙河上前往维也纳的路线不同，我搭火车。但与多瑙河两岸的情形一样，我一路也不断经过富有巴洛克传统的小市镇，到处都能看见有洋葱顶的教堂，听见天主教堂的钟声在绿树蓝天间荡漾，维也纳的人与巴伐利亚的人一样，见面问好，彼此互道"上帝好"，而不是"早上好"。

周末的早上，穿过黑色铸铁的巴洛克大门，我与在小旅店新结识的室友乔伊一起进了霍夫堡，那里曾是哈布斯堡王朝的宫殿。那个早上，皇宫那些长长的窗子都关着，帷幕低垂，好像里面的人睡得正沉，通宵的舞会刚刚结束。

这么早，只有我们两个参观者。我们的脚步声，像小石子那样，迅速地从大厅的这一头投向那一头，清脆地在大理石的地面上撞来撞去。寂静的宫殿里，虽然已经成为博物馆了，但还是遗留着某种繁文缛节的空气，让我们小心翼翼。乔伊不小心咳了一声，马上用手捂住了嘴。和一般直白的美国游客不同，她脸上有种欧洲式的古旧和华丽。我们都喜欢看欧洲宫廷故事的电影，都喜欢去参观皇室的珍宝馆，我想，这是我们这两个萍水相逢的人会约好一起来霍夫堡的原因，而且来得这么早也是我们商量好的，因为不想让其他游客打扰我们。

"我们能想象。"乔伊将手指放在脑袋边画圈。

"是的，我们可以。"我回答。那个晚上，我们坐在小旅店底楼的客厅里，墙角放着一架旧钢琴，我们都是独自旅行的人，偶尔相遇。当乔伊说她热爱欧洲宫廷电影的时候，我忽然想起，我也是。我说："我喜欢《茜茜公主》那样的电影，而不喜欢《铁面人》那样讲宫廷斗争的。"

"我也是，"乔伊拿她手里的杯子碰了碰我的，"很高兴认识你。"她笑着再次说。

蚰蜒死在大树下

一

英特纳雄耐尔

美丽、平静的施坦伯格湖

听到她的咳嗽声被轰然放大到高高的天花板上去，传遍整个大厅，以及霍夫堡深如沟壑的长廊。我们面面相觑。"她这是怎么啦？"这是索菲皇太后的声音，其实，它是上海的配音演员曹雷的声音。带有华丽而挑剔的鼻音，表达了克制的嘲讽和惊诧，恰到好处的责怪，还有高高在上的尊贵。当茜茜公主知道自己跳舞时昏过去，不是生病，而是怀了孕时，她从床上跳下，飞奔着掠过皇太后身边，去告诉她的皇帝。望着茜茜公主飞奔而去，索菲皇太后就这样问内宫女官。

"抱歉。"乔伊悄声说，望了望装饰着巴洛克浮雕的天花板。

没有游客身影的皇宫里，我们像是闯入者。

在一条走廊的尽头，我们看到一个没开灯的大厅，门前被一条被红色天鹅绒包着的绳索款款地拦着，那里不对游客开放。

那是一个华丽的大厅，地板上镶嵌着巴洛克的花纹，天棚上吊着巨大的华丽的水晶灯，白色的墙壁上画满了金色的花蔓。大厅的中央有一座白色大理石的扶梯，像柔软的藤蔓那样蜿蜒而下。这就是皇宫里举行舞会的大厅吧，我认识那样的地板。电影里，茜茜公主和弗兰茨皇帝在贵族们的簇拥下跳完圆舞曲的第一个段落，然后，其他人才加入进来，有着裙撑的大裙子圆圆地从腰际撑开，旋转的时候就像一把伞，像八音盒上的小舞偶。

"这一定就是开舞会的大厅。"乔伊发出嘶嘶的声音，她的眼睛闪闪发光，"音乐，葡萄酒，漂亮的人们，大裙子。乐队里有把小提琴，很浪漫的音乐。"

我和乔伊并肩站在红色天鹅绒的绳索前面，眺望没有开灯的大厅。它空旷、寂静、黯淡，我们的眼睛代替了身体，在淡黄色和深棕色的镶嵌地板上轻盈地滑出圆舞的圈。

在银幕闪烁的蓝光里，维也纳豪华的宫廷舞会总让我想起安徒生童话里卖火柴的小女孩，让我想起她站在寒冷的街头望着别人家桌子上放着的烤火鸡的故事。心里充满爱情的年轻的皇帝和皇后在跳舞，还有什么比这更圆满的事呢？那时，我坐在铮铮作响的弹簧上，希望生活就是这样圆满的。茜茜公主是我生命中第一个将奢华解释为无罪之美的公主，她鼓励着女孩子们用纯洁的心去向往精致的生活，而不觉得自己堕落。她的皇冠，一条又一条大裙子，有时缀着鲜花，有时则是珍珠，有时是沙沙作响的深绿色的绸缎，有时则是镶着白色的花边，她的项链，她的舞厅，她的马车，她的皇宫，她的草坡，她的沙发椅，她夹在头发上的白色的钻石和珍珠做成的花形头饰，我都记得。

"你知道，我梦想着能在这里跳舞，穿着茜茜公主的那条缀珍珠的长裙子，戴着皇冠。"乔伊轻声说，端正地仰着下颌，那就是茜茜公主出现在舞会上，戴着她的皇冠时的样子。

茜茜公主在这里，戴着她的皇冠，站在那里，决定邀请安德拉希伯爵跳舞，来挽回皇太后对匈牙利人的侮辱。茜茜很爱匈牙利，她要让那地方的人民能生活得安宁、自由、幸福和富裕。对她来说，跳这支舞就是一场战斗。

"她很优雅，也很勇敢。"我说。

　　"要是我是她，我也会这样勇敢的。"乔伊肯定地说。

　　"真的?"我看着乔伊，她怎么能这样肯定呢?

　　乔伊坦白地望着我的眼睛："我从来就知道自己是个正直和勇敢的人。"乔伊的眼睛是蔚蓝色的，干净的，诚挚的。

　　我说："我也梦想在这里跳舞，不过，我想做的是内奈，她的姐姐，而不是她。"内奈因为没能嫁给弗兰茨，十分伤心。

　　"我真想在这里跳一支舞啊。"乔伊轻声叹息。

　　"你还有机会，而我，永远没有机会了。"我说。

　　"不要这样悲观，你不记得茜茜电影里说过的话了吗?上帝在这里关上了门，就会在那里开一扇窗。也许我们在这里不能跳舞，但也许在美泉宫就可以了。"乔伊将手放在我的手背上，紧紧地握了握。

二

二〇〇一年秋天的某个午夜，从哈维卡咖啡馆出来，我穿过米开莱厢宫的巴洛克大铁门，穿过皇宫的院落，搭大众剧院站的电车回去睡觉。阿玛利亚城堡一侧的房子里灯火通明，那些灯火照亮了城堡中央的弗兰茨一世皇帝塑像。对维也纳来说，弗兰茨曾是一个暴君，人民恨他。但也是个用功的皇帝，他在位的时候，维也纳成为一个精致无比的首都，世事变迁，但那享乐的气氛一直保留到了今天。今天，那些灯光不是弗兰茨皇帝的，也不是茜茜公主的，即使她成为伊丽莎白皇后以后，曾在这里住过。那些喧闹的灯光是为旅游者们点亮的。

从一九九二年我第一次看到阿玛利亚城堡，到二〇〇一年，我先后三次到维也纳来，每次在维也纳的皇宫附近，总能看到穿着伊丽莎白皇后时代的旧式礼服，戴着羊皮假发的人向旅游者派发皇宫舞会的节目单，节目单上当然印着伊丽莎白皇后珠光宝气，但清纯可人的画像。这是维也纳著名的旅游节目，亲历一场在阿玛利亚城堡举行的维也纳宫廷舞会。我总听到神情惶惑的旅游者对衣冠楚楚的人说："哎呀，我没有带舞会的衣服。"那声音里总多少有点受宠若惊。衣冠楚楚者便彬彬有礼地、亲热地解释说："没

177

关系，你仍旧可以参加，如果你喜欢的话。"维也纳宫廷的盛大舞会现在是用这样的方式继续着。

那些灯光明亮，人声和音乐声依稀可辨的窗子，令我想起乔伊，我猜想就是她现在在这里，也不会去参加这样一个"Night Tour"的吧，即使她那么想在那里跳一支舞。一九九二年的一个下细雪的早上，我们在小旅店门口互道珍重，她背着蓝色的大背囊消失在外面的街道上，从此也在我的生活中消失了。旅伴就是这样的。但我还是知道她的口味如何。

旅游者舞会的灯光衬托着哈布斯堡皇宫的寥廓和黯淡，如同在一头死狮子身边热闹地舞狮。城堡墙上，巴洛克的塔楼上，带有月相的太阳钟还在计算着时间。九年前的一个清晨，我和长着一根浪漫长鼻子的乔伊来参观皇宫，是因为不愿意别的旅游者身上行乐的热气干扰了我们心里的幻想。他们要占用，而我们则要追寻，那是不同的。但是，这些年，乔伊知道了更多伊丽莎白皇后的事吗？她其实一点也不喜欢维也纳宫廷的舞会，她常常在去舞会以前哭出来，因为那些贵夫人和贵族小姐一直嘲笑她的舞姿，嘲笑她的裙子和首饰不够气派。茜茜公主与维也纳皇宫之间的对立始终没有和解过。在维也纳图书馆的书里，我读到过这些，在阅览室的翻动纸页的索索声中嗒然若丧。我很熟悉地承受着它，那是当幻想遇到现实之后的正常反应，就像青霉素过敏的我，在胳膊内侧总会留下皮下试验后的一大块肿痛的红疹子。我猜想乔伊也会这样的。

走在月光泠泠的暗影里，我看了一眼那些黑暗的窗子，伊丽莎白皇后会住在哪几扇窗子后面呢？我想象她站在没点灯的窗子后若有所思。她年轻的时候，因为安德拉希伯爵表白了对她的爱，她便马上避回到维也纳。在将离开她热爱的匈牙利，而且意识到她将要有很长一段时间不能再到匈牙利的时候，她也站在匈牙利宫殿的修长窗子前若有所思。在这样一个午夜，她独自一个人，她望着窗外，阿玛利亚城堡里除了青铜雕像，没有一棵树，一滴水。这时她会想什么？

慕尼黑的海伦娜说过，茜茜其实是个很难处的女人，她与施奈德扮演的快乐的茜茜根本就是两个人。她从小就忧郁，动不动就流泪。她的生活一直都是不幸的，小时候她深受父母不和的影响，长大以后，她自己的婚姻也是不幸的。她真实的生活远不像电影里的那么完美，而更像是电影里那个匈牙利的吉卜赛算命者说的：这个女人噩运缠身。

我不爱听海伦娜的话，我看到她说这话的时候，脸上有种揭露的恶意。她自己是个忧郁的前小学历史教师，她自己过着乏味和怨怼的生活无法自拔，所以她也不想看到别人有美好的人生。她没有茜茜公主的善。海伦娜穿着家常针织上衣，靠在厨房门框上，手里握着本德英词典，准备遇到英文卡壳的时候翻词典，她一定要纠正我，好像不这么着，我的历史考试就要不及格。她的笑容里夹着狰狞和不甘，就像面包里夹着火腿肉和白脱那样般配。

我不爱听她的话，但并没怀疑过她说的。电影里那个快乐的湖畔的大家庭，恩爱的父母，欢腾的挂着巴伐利亚旗帜的大房子里的生活，原来是假装的。那些美好的人和事，原来都是假装的。

伊丽莎白皇后的一生的确不幸，她与皇帝之间的爱情由于宫廷生活给她带来的压力而荡然无存，她的第一个孩子幼小的时候病死在她怀里，因为她执意与皇太后争夺孩子，将幼小的孩子带去匈牙利旅行。她的独子成人后死于自杀，因为她将自己对宫廷生活的厌恶和对哈布斯堡王朝统治方式的反感传给了王储，使他不能接受自己将要成为皇帝的未来。她被指责为一个不称职的母亲和妻子，她将一生都消磨在不断的匿名旅行中，因为她受不了维也纳，而她终于在旅途中死于被刺。她好像预感到了这样的结局，或者说等着这样的结局，在最后一次旅行中，她说："我希望我的心能开一个小口，好让我的灵魂飞往天国。"她的心脏果然被刺客的匕首刺开了一个小口子，她果然死于这个小口子。

在这些窗子中的某一个银色的大厅里，我看到过伊丽莎白皇后和弗兰茨皇帝在一八六五年时的画像。她一如电影里的那样美丽，白色大裙子，浓密的栗色头发上装饰着和电影里一样的白色饰物，她脸上有种阴郁的阴影，印证了海伦娜的话，甚至她长得有点像海伦娜，她们都有某种巴伐利亚的面部特征。但我却只能靠那身红白相间的奥地利陆军元帅服认出弗兰茨皇帝，电影里他是个年轻漂亮的皇帝，而画像上，他成了一个长得十分古怪而且忧愁的红胡子细高个男人，有种火鸡啄食时的紧张表情。这也印证了海伦娜的话。我知道，那都是生活的真实印记。

如果我远远离开维也纳，我也许可以像乔伊那样保全幻想。但我没有，我来了一次又一次，本来我也是想在维也纳行乐的，把玩维也纳无所不在的华丽的感伤气氛，是我喜欢的。但那些真实的印记最终像潮湿的空气终于使本来松脆的小松饼受潮变味一样，使我一九八〇年代完美的

蜿蜒在东欧大地上的多瑙河

茜茜，变成了一八九八年死于一个无政府主义者之手的伊丽莎白。

这一次在维也纳，有许多闲置时间，我的朋友带我去参加翻译协会组织的公园文学朗读会。住在维也纳的各国作家，在大众公园的忒修斯神庙前面的空地上，用母语朗诵自己的作品。一个像弗兰茨皇帝那样细高个的英国诗人朗诵了他朴素无华的短诗，关于告别的。他写，与自己喜爱的人告别，总是让他不知所措，不知道要说什么，是否应该拥抱，或者应该握手，因为要告别，所以不知道怎么办。我坐在折叠椅上，握着我的书，我也得用中文去读一小段我的小说。他朗读的声音像风一样刮进我心里。这座公园的一角，有一尊伊丽莎白皇后的白色雕像，为了纪念她悲剧性的死亡。我总看到成群结队的中国人，穿着统一缝制的西装，挂着日本产的小巧照相机，到那里去留影。那些人与我年龄相仿，面露惊喜，每个人都以高中生那样腼腆的姿态，笔直地站在雕像旁边。我没有这样做，我也想这样做的，有时我在那被绿树衬托的白色雕像前走来走去，但不能。我想，是因为诗中表达的不知所措在我心里阻止了我。伊丽莎白皇后是归还到真实的生活中去了，但我仍旧不能对她泰然处之，就像我的欧洲。我不知所措。

礼拜天傍晚，我去圣奥古斯丁教堂听管风琴音乐会。电影里，茜茜公主白色的婚纱长长地拖在圣奥古斯丁教堂地上，管风琴发出巨大的轰鸣声，她心爱的皇帝穿着陆军元帅的礼服，风度翩翩，等在红地毯的尽头，一座精美的巴洛克主祭坛前。维也纳的皇家婚礼总是在这里举行的，但谁也没有他们的婚礼这样十全十美，他们真诚地爱着对方。一万五千支蜡烛照亮了整座教堂，年轻英俊的皇帝与美丽善良的公主结婚了，他们从此过着相亲相爱的生活，如同童话最常用的结尾。傍晚时他们走出教堂，人民欢声雷动，他们为人们圆了一个极乐世界的梦想。

我坐在教堂的右侧，能隐约闻到罗雷托祭坛上白色玫瑰的香气，那里是皇家心脏安息所的入口处，许多哈布斯堡皇室成员的心脏都保存在那里的银罐子里。庆幸的是，伊丽莎白皇后的心脏没有在这里，她保留了完整的身体，最后一次反抗成功了，她的心安息在自己的身体里。

管风琴的声音一直冲向哥特式的顶端，带着宗教对人心照拂的庄严。但他们的心并没有被照拂好。伊丽莎白皇后不能适应宫廷生活，这种强烈的不适应使她变得很麻烦，她一定以为皇帝会帮助她的，既然他爱她，但皇帝却不能。皇帝以为她应该来照顾他，他正为国家和疆域焦头烂额。婚姻中的男女都是这样的，不光只会发生在皇帝和皇后之间。她因为失望而变得冷漠，她以为这样会引起他的注意和警惕，但他却因为苦恼而投入其他女人的怀抱。他们是有爱情的，但这爱情促使他们分离，这便是伊丽莎白皇后开始常年旅行的理由，她必须得去呼吸新鲜空气，如果不可追求新的生活。孤独的、终生处于忧患之中的皇帝常年写着情书，他还爱着皇后。皇后努力成全他的感情需要，为了能让他的情人自由出入皇宫，她将他的情人升格为"皇后的女友"，她亲自调解情人之间的矛盾，邀请她参加皇帝和皇后的旅行，我想，这是因为她也还爱着他，不忍心看他孤独。这种爱算是深厚，但事情就这样越来越糟，越来越不自然，成为一个不为人知的悲剧。他和她，都需要对方的爱，他们结了婚，有了孩子，但他们却没有真正得到自己所需要的那种爱。即使他们在这样一个美丽的教堂结婚，即使他们在结婚时充满了爱情，都不足以抵抗生活本身的轨迹，生活朝着自己的方向诚笃地走着，它带来多少欢笑，就带来多少悲伤。海伦娜飞快地翻着德英词典，告诉我关于伊丽莎白皇后的真实故事，她急切的样子，让我觉得她像是要倾诉什么比故事更重要的。"你应该明白那情形。"她总这样强调说。她的喉咙因为吸烟太多而变得沙哑。

生活也是真的，但不是那样的真，生活也是美的，但不是那样的美，生活也是善的，但不是那样的善。幻想和现实之间，就是相差了这样微妙而致命的，令人感伤的距离。

这是一个精美而得体的教堂，不像维也纳其他地方的巴洛克教堂那样富丽到喧嚣，终于显露出一派挥霍的粗鲁。这里的东西不多，但是一个祭坛，一尊天使，样样都恰到好处。这里仍旧保留着婚礼教堂的雅致和甜美，还有青春的轻盈，坐在里面很舒服。这是公主们的婚礼遗留下来的。我想着伊丽莎白皇后和弗兰茨皇帝。也许正因为生活中没有这样的十全十美，人们才在电影里努力将它篡改成美的，这种篡改就是为了躲避生活的真相。谁都想躲避那种真相的，甜美的电影就像索密痛药片。只是我的避难所让海伦娜愤怒和嫉妒，就像我把欧洲想象成天堂那样让她愤怒。

她有一张椭圆的脸，褐色的细长眼睛，她的上嘴唇也像茜茜画像上的一样轻轻罩着下唇，巴伐利亚的女人常常长着这样的嘴唇。她恼怒的时候就缩着她的上嘴唇，看起来，像茜茜在向我发怒。

我忘了是哪一年，一九九六，或者一九九七，在柏林洪堡大学附近的旧书摊上，芭芭拉招呼我过去看一本旧书，她长着东普鲁士人的脸，有快活的灰眼睛。她拿着一本红色封面的卡尔·海因茨·伯姆的传记，他是扮演弗兰茨的电影演员。芭芭拉举起那本带有照片的传记，说："来看你喜欢的皇帝。"我看到了一张消瘦的、衰老的脸，虽然上面有着我在电影里很熟悉了的笑容，虽然他还是比银色大厅里的皇帝肖像要好看，我的心还是忽悠了一下：他竟然会老成这样。

"他去世了。"芭芭拉紧接着温和而坚决地告诉我。她是我在德国最好的朋友，常常像教孩子游泳的母亲那样，原谅着我对真实欧洲的惊恐、失望、回避、怨恨，保护着我原先的喜爱、好奇和诗意，将我引导去认识欧洲真实的面容。我总是记得，我和她第一次晚上去喝了浓缩咖啡，我被咖啡因搅得彻夜不能眠。深夜，她从柜子里取出一瓶从意大利带回来的红葡萄酒，穿着她的红色毛巾睡袍，说："我们可以喝葡萄酒，度过一个畅谈之夜。我在北欧过夏天的时候，白夜让人很兴奋，我们常常说话，喝酒，直到清晨，痛快极了。"我们在芭芭拉的客厅里喝酒，她向放在柜子上的她丈夫的遗像举了举酒杯，好像举起一朵盛开的红玫瑰。她有一个很相爱的丈夫，她的丈夫打排球时突然倒地而亡，那一年她五十岁。从此她独自一人生活。她从不回避，但也从不抱怨，当接受事实的时候，她很顺从，却不悲观。她常常说，因为我喜欢古老和浪漫的地方，她要去嫁一个继承了城堡的男人，为了让我来欧洲时可以住在一个城堡里。

是的，扮演伊丽莎白的施奈德也去世了，一九八二年我大学毕业时，中国报纸上专门报道过她的逝世。记得那时我并没有特别的震惊，那个十全十美的故事到底是个比童话还要遥远的传奇。但自从海伦娜告诉了我那些事以后，伊丽莎白和弗兰茨就好像变成了施奈德与伯姆的影子一样，让他们成了真实的人，而不是没有影子的仙人。现在，这个面容忧伤的男演员也去世了。我好像刚刚醒悟过来，连扮演伊丽莎白和弗兰茨的演员都去世了。原来世上万物都在生生灭灭，不光是我失去了年轻时代的理直气壮，不光是伊丽莎白和弗兰茨的故事终于露出了生活沉重的真相，即使电影里精心修饰的才子佳人，也终老了。

"事情就是这样的，它没做错什么。"芭芭拉说，"你总不能为了自己的幻想不许他去世啊。"

我被她逗乐了："是的，不能。"

在圣奥古斯丁教堂的音乐声里，他们四个人的脸在我眼前一一浮现，伊丽莎白和弗兰茨，施奈德和伯姆，我望着他们，心里有种慈悲，雾腾腾地升了起来。

离圣奥古斯丁教堂不远，是卡普其尼教堂。圣奥古斯丁教堂保存着哈布斯堡皇室成员的心脏，卡普其尼教堂的地下室里，则保存着他们的棺材，那里是皇室的墓地。弗兰茨一家经历了个人漫长的不幸生活以后，在这里终于团圆。鲁道夫第一个住了进来，接着是伊丽莎白，最后，是疲惫不堪的弗兰茨。在属于他们一家的墓室里，放着弗兰茨、伊丽莎白和鲁道夫的三具石棺。在墓室中央的石头花坛里，放着一大束红玫瑰，我想这是谁带来献给伊丽莎白皇后的，电影里，施奈德告诉伯姆，她最喜欢的是红玫瑰。我想，送花的人，也应该是看过电影的。伊丽莎白生第一个小公主的时候，皇太后就已经说过，如果是公主，就叫索菲，如果是王子，就叫鲁道夫。自杀了的王储，就是那个鲁道夫。

伊丽莎白皇后躺在阴沉华丽的哈布斯堡王室的石棺里。她从小就幻想着死亡，她渴望死亡带来的宁静。年轻时，她曾希望自己能埋葬在蓝色的水边，那是她热爱的地方。但在鲁道夫死后，她就不再挑剔埋葬在什么地方了，只想赶快能和儿子在一起。她说过："我多么希望能够躺在那儿的一个舒适、宽敞的棺木之中，独享宁静。只要有宁静就够了，别的任何东西我都不需要。"我为她仔细打量了棺木，是的，那是舒适的、宽敞的棺木，四周的几十个石棺都是舒适宽敞的，只是有太多的族徽和雕刻，有点繁琐，就像维也纳皇宫的风格。

这个地下的墓室虽然有种夏天残留下来的令人窒息的暖气，那些充满装饰的巨大石棺是阴沉的，但这里还是有着安息的气息。这里的皇帝和皇后们，皇储和公主们，生前都过着惊涛骇浪般的生活，他们未必不希望自己能够有安息。鲁道夫一定希望能够永远回避生活中不可回避的矛盾，总是漂泊在旅途中的伊丽莎白皇后也等待着结束旅行的那一天。书上说，当凶手刺伤她的时候，她默默回头看了他一眼，就倒下了，甚至没有显露出什么痛苦。然后，她站起来，有人为她掸去裙子上的浮尘，她向不远处的湖边走去，然后倒下。弗兰茨的棺木在墓室的中央，他是一家之主。但是他是那个被家人遗弃的一家之主。鲁道夫死了，他失去了继承人。伊丽莎白皇后死了，他失去了真正爱的那个女人。而他还要为国家而工作，还要再次寻找他的继承人和他的女人。但他的继承人再次被暗杀，这次暗杀导致了第一次世界大战，他还要应付战争。他死于战时。其实能够安息，真是很多人悄悄在心里盼望的归宿。也许这就是墓地常常分外安详，令人流连的原因，无论怎样的人生，总是有些解不开的死结，有些致命的缺陷，死亡终于将人从那样的人生中解脱出来。

如今，他们的墓室静静匍匐于一隅，我为他们松了一口气。唯一让我感到不适的，是新鲜玫瑰在墓室稀薄的空气里散发出的气味，它的芳香全然没有在罗雷托祭坛上的微甜和轻盈，而更像是一种腐烂的气味，让人想到清水里烂成一缕缕的淡绿色的枝条。任何多愁善感的红玫瑰，都不适合这里，它是一种打扰，它放在黝暗棺盖上的样子，试图表现出唯美主义的感伤，但这也是不适当的。在电影里，新婚的伊丽莎白皇后，从皇宫花园里剪了一大捧红玫瑰走进她丈夫的办公室里，在皇帝接见公使之前的几分钟里，将办公室里本来供着的一大把黄玫瑰换了下来。作为中

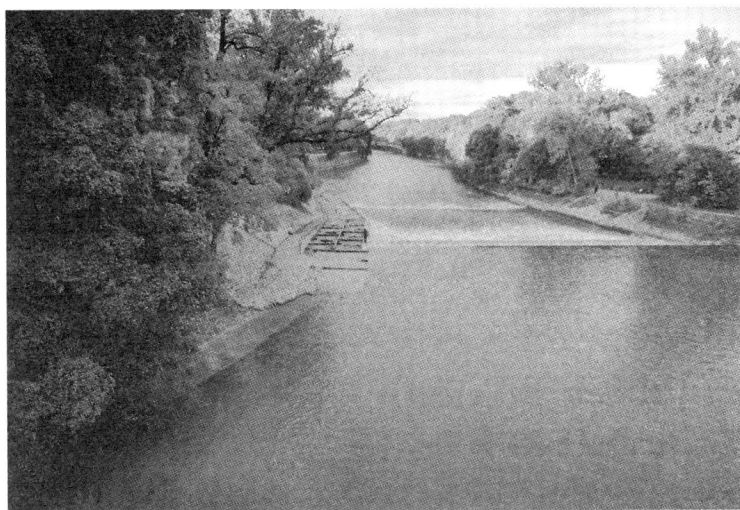

美丽的多瑙河风光

文系的学生，我那时就知道，这个细节是为了呼应订婚舞会上皇帝送给公主的一整篮红玫瑰。此刻墓室里的红玫瑰也是一个呼应的细节，但这样的细节太没有张力，简直是对他们沉默在石头里面的痛苦一厢情愿的粉饰。

离开墓室的时候，我经过管理墓室的老太太身边，我忍不住对她抱怨："那些花的气味真让人喘不过气来。"

她理解地点着头说："哦，是的，有花粉过敏症的人经常这样抱怨。"

从墓室出来，对面是莫扎特咖啡馆。下午的时候，咖啡馆里没什么人。我进去要了牛奶咖啡，用蓝色的大碗装着的，热热地喝了一口，一直暖到肚子深处。我的手被团团的咖啡碗温暖着，维也纳的咖啡香得让人不安，里面加了奶，奶香就像刀壳一样将咖啡锐利的香裹住了，那才是好咖啡。伊丽莎白与她的第一个小孩玩过家家的时候，曾温柔地对小孩子说："来，咖啡，牛奶，再来点糖，啊，你煮的咖啡真好喝。"我总要在咖啡里放糖，大概就是在没喝过咖啡的时候，先听到了这样的台词。在那散发着融化的糖和牛奶的香气里，我一一与他们大家——伊丽莎白、弗兰茨、施奈德、伯姆——道了永别。然后，我要了一块核桃可可蛋糕，蛋糕和牛奶咖啡，是维也纳咖啡馆里最普遍的下午点心。奥地利的蛋糕结实极了，重重地堆积在胃里，让我想起多年以前在施坦伯格湖边吃过的热带香蕉。

三

　　生活真是奇妙。我从没想到过，当我再一次来维也纳的时候，竟然就住在美泉宫后面的绿树成荫的荣耀路上。荣耀路的四周是一栋接一栋的旧式别墅，巴洛克的黑色镂花铁门静静闭合着，不知道哪一栋是当年弗兰茨皇帝肉体情人的房子。他常常在清晨时从美泉宫溜出来，到情人家放松一下自己的肉体，早上再溜回宫里的办公室，面对令人焦头烂额的国家大事。在那里，"他坚定而又孤寂地独守高位，从来不尝试着与他的人民建立联系，也从来没有做过任何努力去争取人民的心。"书上这样描绘美泉宫的皇帝。他出生在这里，一生中大部分时间都在这里工作和生活，他是个尽职的皇帝，但未必就不是个悲剧性的绝望的皇帝。现在想起来，他的故事里有一种男人隐忍的哀伤。

　　美泉宫是茜茜公主初到维也纳时见到的第一个宫殿，它那一千多间华贵铺张的房间吓住了茜茜，"墙壁上的几百扇窗户像是几百只冷漠而又好奇的眼睛在观察着自己。"关于茜茜公主的传记描绘了十五岁的皇后第一次看到美泉宫的感受。离开马车的时候，她头上的皇冠被车篷挡了一下，她差点摔倒。而那些布满金框大镜子的疯狂的巴洛克房间却没有吓住过我，我从前一直以为茜茜就应该在这样的房间里，戴着闪闪发光的皇冠，像鸟儿一样飞来飞去。在那里我看见了电影里的舞会大厅，天棚上画满了精美的湿壁画，内奈公主和弗兰茨在那里跳舞。乔伊多年以前在霍夫堡时对我提起过，也许我们可以在这里跳舞，茜茜在圆舞曲中旋转的样子飘飘欲仙，带着皇后娇柔的霸气，那曾是我们的梦想。但在传记里，茜茜却常常是含着委屈的眼泪旋转的，因为维也纳贵族坚持认为她的舞姿没有教养，她的服装也没有气派，她是个好运气的巴伐利亚乡下人，"皇宫里到处都是不友善的人"。

茜茜不喜欢这里。而我几乎每天都会到美泉宫来。来散步，来看植物园的玫瑰，有时将午饭也带到这里来吃，将正在写的小说也带到这里来修改。我喜欢宫殿后面的树林和林中空地，那里寂静无声，保持着皇家园林的修饰，我喜欢适度修饰过的自然。坐在那里，可以听到醋栗树的果实落到地上的声音，褐色的新鲜醋栗，在砂石路上躺着，光滑漂亮，我常常将它们装在自己的口袋里，满满的一口袋。欧洲小说里常常提到它。我喜欢坐在树下遥望黄色的大宫殿，在心里慢慢分析一个不幸的皇帝和一个不幸的皇后，还有他们不幸的孩子，以及整个不幸的王朝。望着那巴洛克的大宫殿，我好像能看见卡普其尼教堂墓室里他们黑色的石棺，狭长的窗子一排排地在蓝色晴空下闪光，他们的黑色石棺上散落着散发令人窒息的气味的玫瑰。我对他们仍旧抱有兴趣，甚至在柏林买了一本讽刺哈布斯堡王朝与外族联姻来保全自己的童话书，即使在那本出现了很多灰绿色的世纪初的建筑和街道的图画书里，他们化身为维也纳的兔子家族，我还是对它抱有某种凭吊般的兴趣。

它高坡上的雕像突然照亮了我的记忆，让我再次闻到新光电影院那已经消失在二流餐馆和三流旅店的放映厅的气味，那是对一个安定、自由、幸福和富裕的世界充满幻想的气味，是心甘情愿地接受经过伪装的幸福感情的幻想的气味。那就是八十年代的气息，冰雪初融，大地回春，四处沉浮着不切实际的梦想。直到现在，我才体会到，我经历过一个极少数适合梦想生长的年代，它那么单纯，那么懵懂，那么强烈地企图重建古典的准则，又那么强烈地追求现代的自由，它犹如一个少年，热血沸腾地梦想着伊甸园般的生活。我在那个飘飘欲仙的时代里度过自己的青春，我原来是这样一个幸运的人。

现在，新光电影院仍旧在窄小陈旧的宁波路上，一九二九年的那些矮小房子还是歪歪倒倒地围绕着它。我记忆里面辉煌的大门和前厅，如今已经被改造成了一系列用铝合金与玻璃装饰的廉价小商店。原来一千三百个座位上满满坐着中文系师生的放映厅，被饭店和旅馆占去了大半空间以后，只剩下一个三百五十个座位的放映厅了。现在在这里上演的，是香港和美国好莱坞的流行电影，它如今已经变成一个潦倒的小电影院。原先门厅中央进入放映厅的古典的 V 形楼梯，现在也只剩下右侧的一半。

但它在宁波路的十字路口上，还是保留了原先的那种做梦的表情。

维也纳美泉宫

在美泉宫的下午，我常常在美女泉对面的醋栗树下写日记。有时，我也想起宁波路上的老电影院，它的衰老，就像垂垂老矣的伯姆先生的照片。而它被毫不相干的小房子包围的样子，就像我年轻时代对世界和人生的理想被重重围困的样子。我知道他们都会继续老下去的，甚至新光电影院都要在新一轮改造中，缩小成只有一百个座位的小电影院了，但由那个电影院带来的所有的一切都还活着，我发现自己心里的极乐世界还悄然闪烁光芒，如同镜子大厅里无穷的反射与交相辉映。事实并没有打消它，而是将它变成纯粹的幻想，与现实生活撇清了干系。有时我远远地在喷泉那儿望着这淡黄色的巴洛克宫殿，墙壁上那几百扇紧闭着的窗子在阳光下闪闪发光，我自己的茜茜在窗子后面痛苦着，快乐着，我自己的公主的故事在窗子后面交织着现实与幻想。这就是我终于建立起来的，我的欧洲。闻一闻，里面到处都是梦想的气味。顺着它，一路就能走回八十年代，我的大学时代。

在维也纳，我的一班女朋友差不多都是以翻译小说为生的人，住小公寓，喝酒，晚上泡咖啡馆，宁可没钱，也只肯做自由职业者，挑剔。全都喜欢翻译八十年代的作品，无论是哪个语种。我们常常想象要找一个空闲的晚上，一起做饭吃，我可以做德国冷肉丸子，翻译西班牙小说的人可以做海鲜饭，翻译俄罗斯小说的人说可以做纯正俄罗斯的红焖牛肉，而翻译中国文学的人则做春卷，她理所当然的样子，简直就不怕在我面前会显得太班门弄斧。好像每个人乐于表现自己身上混合的另一种东西。但最后，大家还是从我公寓里出去，一起到美泉宫散步。

散步时我们讲到翻译时的苦恼，全世界的翻译都在"信、达、雅"中受着煎熬，常常恨不得修改原作，但也常常被自己这个挥之不去的越轨念头吓住。

"其实，这是一种占有另一种自己热爱的文化和人生的潜意识。"一个人的脸上出现了弗洛伊德的神秘表情，她像照片上的弗洛伊德那样微微斜着眼睛，射出锐利的眼神，"我内心常常充满冲动，要将另一种文化、另一个世界变成自己的。这样做，既不信，也不达，这不是翻译，而是在做一种供个人娱乐心灵的游戏。"她是个西班牙语的翻译，说话的时候耸肩，摆手，将手指撮在一起强调语气，比一般维也纳人多了不少灵活和放纵。

"等等，你说什么？"我吃了一惊。这不就是我嘛！

"她在说，作为一个小说翻译，在另一种自己衷心热爱的文化中由衷地迷惑。"柯劳迪亚对我解释说。她是俄文翻译，每年夏天都去俄罗斯休假，她厨房的音响里永远放着苏联解体前夕的音乐，那些歌曲有古典的旋律和对将要到来的自由优美的向往，甚至她的眼角也生得像俄罗斯女子那样微微向下倾斜着，如托尔斯泰描写的那样。她伸手在我们大家的头顶上遥遥画了一个圈，说："我们可不都是这种人。"

我们在泉水边合影，纷纷将自己的照相机交到一个东欧来的游客手里，请他帮忙照相。我笑嘻嘻地告诉他，自己是德国人，那西班牙语的小说翻译告诉他，自己是西班牙人，俄罗斯小说翻译告诉他，自己是俄罗斯人。我的翻译告诉他，她是中国人，她瞪着一副蓝眼睛认真地对他说中文，来证明自己的真实性。那个东欧人转过头来问我："她说的可是真的中文？怎么我听着像日文。"

我证明说："她甚至有标准的四声和一个中国男朋友。"中国八十年代最好的文学作品，是她博士论文的题目，这个题目，她一作就是七年。

她连忙纠正我："是前男友。"她那顶真的样子，完全是说德语长大的人才会有的对精微时态的态度。

眼看到我们两个人被巧妙地戳穿，俄罗斯小说翻译开始对他说俄文，她身上维也纳人的风雅刹那间被俄罗斯女人的艳丽代替了，她的声音里出现了加了弱音器的小提琴般的鼻音，即使奥地利的银行都不肯给她放贷款买房子，她还是每年要在俄罗斯过几个月的夏天长假，才肯回维也纳来工作。即使因为二战以后，苏军在奥地利的土地上做了不少坏事，奥地利人普遍都不喜欢苏联人，她还是从小就莫名地喜爱一切来自于俄罗斯的东西，长大以后，使自己成为一个俄罗斯小说的翻译者。她最好的朋友都在俄罗斯。

"我也许可以相信你是俄罗斯人。"那个拿着我们所有人照相机的人有些糊涂了。

"还有我呐。"翻译西班牙小说的人对他眨眨左眼。

那人摇着头笑，说："好吧，那我就是奥地利人。"

"你这是何苦呢！"我们纷纷劝慰着他，并从他手里取回自己的照相机。

我们在林荫大道上继续走着，刚刚的玩笑让我们都感觉很愉快。

美泉宫公园里的雕塑

在伊丽莎白最小的女儿的回忆中，她不得不有时陪着父母和父亲的情人一起在这里散步，她感觉十分尴尬，但伊丽莎白皇后却乐此不疲。醋栗在秋风中噼噼啪啪地落下，好像就是那四个人散步的声音。